王尔德文选

镜子、谎言与瞬间

[英] 王尔德 著 耿弘明 编译

生活·讀書·新知 三联书店

Simplified Chinese Copyright © 2021 by SDX Joint Publishing Company.
All Rights Reserved.
本作品简体中文版权由生活·读书·新知三联书店所有。
未经许可,不得翻印。

图书在版编目(CIP)数据

王尔德文选:镜子、谎言与瞬间/(英)王尔德著;
耿弘明编译. —北京:生活·读书·新知三联书店,2021.10
(2022.9 重印)
ISBN 978-7-108-07172-9

Ⅰ.①王… Ⅱ.①王…②耿… Ⅲ.①随笔-作品集-英国-近代
Ⅳ.①I561.64

中国版本图书馆 CIP 数据核字(2021)第 109877 号

责任编辑	吴思博
装帧设计	鲁明静
责任印制	董 欢
出版发行	生活·讀書·新知 三联书店
	(北京市东城区美术馆东街22号 100010)
网　址	www.sdxjpc.com
图　字	01-2018-6762
经　销	新华书店
印　刷	天津图文方嘉印刷有限公司
版　次	2021年10月北京第1版
	2022年9月北京第2次印刷
开　本	880毫米×1092毫米 1/32 印张10
字　数	138千字 图87幅
印　数	6,001-9,000册
定　价	98.00元

(印装查询:01064002715;邮购查询:01084010542)

目录
Contents

"误读"王尔德（代译序）1

第一辑　箴言与散文诗　15

《道林·格雷的画像》序言　17

写给被过度教育者的人生指南　23

写给年轻人的警句和忠告　27

其他箴言选录　33

艺术家　53

行善者　55

弟　子　57

主　58

审判所　59

智慧的老师　62

第二辑　美学宣言 69

英国文艺复兴的兴起　71

谎言的衰落：一份观察报告　135

给艺术生的一次演讲　211

莎士比亚论舞台布景　228

托尔斯泰的《战争与和平》　236

第三辑　生活的艺术 241

谈谈服装　243

美味佳肴　252

雅　室　256

给美国人的装修建议　285

美利坚印象　295

下午茶时间的亚里士多德：聊天的艺术　304

Oscar Wilde

"误读"王尔德（代译序）

伟大的艺术家总是极其复杂，在历史连续性的大潮里，为了将他们辨认出来，我们为其贴上了各种各样的标签，"唯美主义"（Aestheticism）或"颓废主义"（Decadence）就是属于王尔德的那一个。有研究者曾梳理过王尔德在后世小说、电影、戏剧、漫画中个人形象的流变，发现人们更倾向用一顶"唯美主义花花公子"的帽子扣住他的所有人生境遇和艺术成就。在这种无心或有意的误读中，王尔德的形象已经被完全刻板化了。[1]

不过如果我们将误读理解为一种创造性转化的话，那么，王尔德自己璀璨的思想和机智的观点，也常常是从对他人的"误读"而来。正是通过对艺术导师、艺术同辈和艺术敌人的"误

---

[1] Eleanor Dobson. "The Ghost of Oscar Wilde: Fictional Representations", *Ghosts-or the (Nearly) Invisible: Spectral Phenomena in Literature and the Media*, edited by Maria Fleischhack and Elmar Schenkel, pp.35-44.

读",王尔德的艺术思想才博采众长,自成一派。在本书收录的《谎言的衰落》《英国文艺复兴的兴起》等文章中,王尔德常提到一些著名艺术家,如菲狄亚斯、莎士比亚、巴尔扎克和华兹华斯,对他们的解读,其实都被王尔德加上了主观滤镜。

而最经典的"误读",当属对他的艺术导师、牛津大学的艺术理论教授约翰·罗斯金(John Ruskin,1819—1900),以及对他的艺术同代人、工艺美学代表人物威廉·莫里斯(William Morris)的。如果我们采用比较的视角,考察王尔德这两条充满误读的思想对话路线,他的美学地图会更加清晰起来。

罗斯金是19世纪著名的艺术理论家,著作等身,影响广泛,库科(Edward Cook)编撰的《罗斯金全集》(*The Works of John Ruskin*)多达39卷,其中在不同时期陆续完成的《现代画家》多卷本,伴随了几代艺术家的成长。在西方世界,托尔斯泰、普鲁斯特都曾介绍或翻译他的著作。而在近代中国,李叔同、辜鸿铭、蔡元培、鲁迅、闻一多、郭沫若、朱光潜等重要文人学者都曾在著作中对他有所提及[1]。王尔德本人在牛津大学求学期间曾受教于罗斯金,这位当时很受年轻人欢迎的牛津大学的教授,通过讲授中世纪艺术,成功俘获了王尔德、莫里斯、

---

[1] 黄淳:《约翰·罗斯金在20世纪初的中国》,《新文学史料》,2016年第4期,第121—129页。

伯恩-琼斯等艺术青年的"芳心"。

在散文中,王尔德对罗斯金的"误读"主要体现在对罗斯金思想的选择性使用上。罗斯金的美学宇宙包罗万象,王尔德特别擅长只采择符合自己论点的片段以为佐证。

《谎言的衰落》一文的核心论点是——其一,艺术并不模仿生活;其二,生活反而在模仿艺术。对于前一个看法,王尔德与罗斯金态度相同,罗斯金也反对传统的模仿论,也重视想象在艺术创作中的作用。所以,在论及这一观点时,王尔德时而明确地引用罗斯金,时而间接地转述罗斯金的观念,《谎言的衰落》中的很多文字,甚至可以直接视为罗斯金抽象美学原理的盗版的诗意表达。而对于"生活模仿艺术",王尔德与罗斯金的观点截然不同,罗斯金并不认为艺术作品,或者艺术家的个人创造能够有那么夸张的威力。而王尔德则把艺术的主观力量发挥到了极致。在《给艺术生的一次演讲》中,王尔德曾引用罗斯金的话——"艺术的堕落源于外在艺术环境的堕落",而王尔德本人则认为,不管外在艺术环境到底如何,当艺术家没有发现美的眼光时,艺术才会堕落。

那么,这一差异的深层原因何在呢?事实上,罗斯金的艺术理论总是"有所待"的,早年间,他的艺术理念包含着宗教思想和伦理思想的内核,而19世纪60年代之后,罗斯金开始转向社会主义,不断地研究经济与政治,关注艺术与大众、劳工和社会主义的关系问题。在这一问题上，王尔德与罗斯金的思想是截然不同的，他也选择性地忽略了罗斯金的这些思想。这种因对社会主义的理解不同而导致的思想误读，在王尔德对威廉·莫里斯的选择性解读上，体现得更为明显。

如果说罗斯金是当时西方世界的美学理论导师，那么，莫里斯则是美学在日常工艺上的完美实现者。莫里斯是19世纪末工艺美学运动的代表人物，也是著名艺术流派"前拉斐尔派"的成员，他生于1834年，1853年进入牛津大学，在那里也受到了罗斯金艺术理论的影响。罗斯金只是描绘了艺术大厦的图纸，而莫里斯则一块儿砖头、一颗螺丝钉都要亲力亲为。1863年是莫里斯丰收的一年，除了爱情，他还收获了艺术。莫里斯与女友决定在1864年结婚，但审美品位极高的莫里斯不能接受整个伦敦任何房子及其室内设计的美学水准，便开始和好友一起动手亲自设计，坐落于伦敦郊区肯特郡的大名鼎鼎的"红屋"（Red house）就这样诞生了。同年，莫里斯与几位好友一起开办"威廉·莫里斯设计事务所"，亲自设计手工业产品并组织生产，这便是世界上最早的综合性设计事务所。

自此之后，莫里斯的名字开始与装饰艺术、建筑设计、工艺美术等领域牢牢绑定在了一起。他把艺术的触角扩展到了经典美术的视域之外，发掘了日常生活中的墙纸、窗帘、茶杯、服装等艺术领域，成为一位设计师意义上的，而非油画家意义上的大艺术家。时至今日，在全世界的家居用品中小到一只茶杯垫，大到一座房子的壁纸，莫里斯纹样依然随处可见，而莫里斯的设计理念成为艺术史论里的必修课，这个世界的家装工艺和日常装饰中，仍旧飘荡着莫里斯的幽灵，透露出莫里斯的传承。

在本书收录的《雅室》《给美国人的装修建议》中，王尔德也大谈特谈工艺美学和装饰艺术，细心的读者可以发现，莫里斯的一些思想细节都会在王尔德那里换汤不换药地体现出来。王尔德也提倡重视手工艺，提高工匠的地位，也认为艺术要让普通劳动人民在日常劳作中感到欢愉，也提倡工艺为多数人服务，也反对机器带来的千篇一律的审美。说得夸张一点，王尔德有时简直就像莫里斯的文学传声筒。

然而，莫里斯对工艺美学的理解和他对工人生存状况的理解是密不可分的，和他对社会主义问题的思考也是不可分割的。莫里斯曾写下《艺术与社会主义》《社会主义原理纲要》等纲领性文字，写下《乌有乡消息》(News from Nowhere，1890)等社会主义爱情小说，构想着劳工和手工艺的乌托邦。社会主义和手工艺正是莫里斯思想的一体两面。而这些事实，则被王尔德选择性地忽略了，因为对于"社会主义"，二者的观点颇为不同。在唯一专论政治的文章《社会主义制度下的人的灵魂》中，王尔德赞许社会主义，不过原因却是社会主义能更好地实现个人主义——高贵的艺术品位和艺术化生存才是更高级的个人主义。王尔德骨子里是对作为概念的"大众"持反感态度的,始终对大众艺术有警惕之心,这在他的箴言里也多有体现。王尔德认为高贵、美好的艺术才是世界的救赎,这也是他在《英国文艺复兴的兴起》中的一个重要观点。总而言之,莫里斯对工匠和手工艺的积极情感,既是艺术上的认可,也是生存上的关切,而这却是王尔德有意或无意忽略的地方。

也就是说,在艺术与社会主义的关系这一问题上,王尔德与罗斯金、莫里斯的分歧非常严重。如果说罗斯金、莫里斯居住在让艺术与工厂、工人、环保、社会主义关联起来的革命世界中,王尔德则一直居住在他自己的唯美星球里,心心念念人的高贵个性与艺术的奇妙能力。王尔德把自己对想象力和梦境的迷恋,对各国工人的观察以及关于个人装修经历的夫子自道加入进去,将罗斯金和莫里斯改造成了王尔德式的"唯美主义",完成了有趣的"误读"。

在误读着相同文化基因中的艺术家和美学家的同时,王尔德也在误读着"遥远而神秘的东方世界"。那个时代的艺术家都或多或少会谈一谈东方,谈一谈中国,同样,王尔德也不例外。

王尔德曾高度赞扬日本的艺术,中东的艺术,带有一种典型"东方主义"的审美趣味,但他对中国文化和艺术却一直评价不高。这或许与黑格尔的影响不无关系,王尔德在牛津大学读书期间，正是黑格尔在英国年轻知识分子中走红的时候，黑格尔对儒家哲学、中国文化的误读和批评成为耳熟能详的陈词滥调。后来王尔德对中国文化的态度有所改观，在他的《中国圣人》等文章中，他开始疯狂地赞美庄子，不过，有时他引用的一些东方箴言连他自己也搞不清到底是庄子的还是孔子的，加上文化差异与译本问题，或许他一直在为一个半真半假的庄子兴奋着。直到他去了美国旧金山的唐人街，和中国人有了实际的接触之后，他的观点才有些扎实可靠了，这些观点反映在本书收录的《美利坚印象》等文字中，不过其中体现出的，大多数也只是对瓷杯、瓷碗等中国器物的爱美之心，而忽略了中国矿工的生存困境，只盯住了他们的生活美学。

误读和过度阐释总是双重的。王尔德作为艺术偶像被大众误读，他自己也在误读着他的艺术领路人罗斯金和莫里斯。同样，在王尔德误读了中国文化几十年后，汉语世界也开始了对王尔德的误读。

1909年3月，王尔德去世9年后，周作人和鲁迅编译的《域外小说集》出版，书中收录了王尔德的《快乐王子》（当时译名为"安乐王子"），这是王尔德的作品第一次被译介到中文世界。彼时周氏兄弟都在日本留学，心心念念的是如何让文学在拯救颓败的中华民族时发生作用，用鲁迅先生自己的话说："我们在日本留学时候，有一种茫莫的希望：以为文艺是可以转移性情，改造社会的。"因此与王尔德一同入选小说集的都是契诃夫、显克维支这样的"革命作家"。于是在这一时期的中国读者心目中,象征色彩明显的《快乐王子》也就裹挟在这一众写实文学中,被认为是"人的文学"的代表了。

在近代中国,自梁启超《论小说与群治之关系》始,叙事作品就被安上了文学之外的使命,外国叙事作品的译介也大多染上了浓浓的政治色彩,成了救亡图存的重要组成部分。这便是"为艺术而艺术"的王尔德与汉语文学奇妙缘分的开端。诚然,王尔德的童话中也暗含着批判现实的因子,但显然更是由于那个特定历史时期中国读者的前理解,才使周氏兄弟对王尔德的介绍做出了这种革命化、政治化的"创造性转化"。夏志清教授在《中国现代小说史》中认为王尔德在近代中国的被接受有些滑稽,自然也是这个道理。

正是由于上述原因,从最初的译介开始,在很长一段时间内,不管将其解读为"人的文学"还是"唯美主义文学",汉语世界对王尔德的小说、戏剧、童话关注有加,而他散落四处的讲稿、书评、剧评、格言杂感、理论文章则常常被忽略掉。当然,小说和戏剧的确代表着王尔德文学创作的高峰,但是,他的散文也不乏佳作。而且,如果放弃单纯的审美视角,我们会发现,王尔德的散文其实更加清晰地体现了他的艺术主张和人生哲学。在王尔德人生的隐秘角落里,在他私人阅读的零散笔记里，在他海量作品的字里行间，种种毫无连续性的想法，例如古典主义、社会主义、语言中心论、个性至上论等，常常消解着王尔德给我们留下的刻板印象，揭示着他主体思想之外的多重侧面。这些文字可以让读者一窥其内心世界的隐秘角落，看到其常不为人提起的一面——一个重视工艺美学、生活艺术的王尔德；一个外表讲究，内心"腹黑"的王尔德；一个常怀有偏见，误读他者，也常被他者误读，为偏见所伤的王尔德。总之，在小说家、戏剧家和唯美主义标签的下面，还有一个丰富多元，甚至自相矛盾的王尔德。

正是出于上述原因，我们编选了这本小书。本书挑选了一些王尔德个性鲜明、视角独特的散文，按主题归类，分成"箴言与散文诗""美学宣言"和"生活的艺术"三辑。不敢说想澄清误读，只希望为读者们提供一种新的"误读"王尔德的视角。

本书第一辑收录了王尔德的箴言与散文诗。如果用今天的流行语来描述，王尔德绝对算得上一位"毒舌"，一位"真相帝"，或者微博体的"顶流"。他曾说："哭是普通女人的港湾，却是漂亮女人的坟墓。"他又说："相爱的人该永远相爱，所以他们不该结婚。"他还说："婚姻的魅力在于，它使欺骗对双方而言都成了生活重要的组成部分。"这些话的风格和今天被疯狂转发的语录体微博、标题党公众号文章多么相像！

王尔德的箴言不仅趣味盎然，同时还可以作为他生平事迹的注脚。他曾说："做你自己，因为别人已经有人做了。"事实上，从1854年出生到1900年辞世，在这段并不算长的人生里，王尔德确实活出了一个不可复制的独特模样。他是学霸，是名士，是才子，也足够风流。作为世界上最著名的同性恋人士之一，王尔德有过许多段甜蜜的恋情，也有因"有伤风化"而身陷囹圄的惨痛经历；有戏剧作品风靡伦敦的辉煌时刻，也有穷困潦倒、客死他乡的凄凉晚景。王尔德丰满的个性和盈溢的才华体现在他的文字里，使其阅读写作都带有一种"六经注我"的色彩。说起基督教，他认为"做你自己"才是耶稣留下的至高奥义；说起莎士比亚，他猜测莎士比亚反对戏剧过于真实……换句话说，他能写出那么多让人忍俊不禁的箴言警句来，正是因为他从未停止对人性和世界的"误读"。

第二辑收录了王尔德的文艺理论杂谈，取名"美学宣言"。这部分包括美学理论文章《谎言的衰落：一份观察报告》，以及《英国文艺复兴的兴起》和《给艺术生的一次演讲》两篇演讲稿，此外还有《莎士比亚论舞台布景》和《托尔斯泰的〈战争与和平〉》两篇批评文字。

1891年，王尔德的文艺理论著作集《意图集》出版，收录了他的《谎言的衰落：一份观察报告》《作为艺术家的批评家》《面具的真理》《钢笔、画笔与毒药》等几篇长文。《谎言的衰落：

一份观察报告》是王尔德美学思想的代表性文字,创作于1889年。接下来的1890—1895年,刚好是王尔德的艺术创作丰收期,《莎乐美》《无足轻重的女人》《少奶奶的扇子》等作品都完成于这一时期。这种前后关系或许暗示我们,理论的成熟与他创作巅峰期的到来有种创作心理学上的必然联系。

《英国文艺复兴的兴起》则是他美国旅行中的一次演讲,从中可以看出王尔德和他同时代人的美学整体风貌。《给艺术生的一次演讲》是他旅美归来在英国系列演讲中的一篇,表达了他对艺术与艺术家所处的现实环境之关系的理解。

王尔德也写过很多短小的文学评论类文章,本书选了他对莎士比亚和托尔斯泰两位文坛巨匠的评论:《莎士比亚论舞台布景》和《托尔斯泰的〈战争与和平〉》。严格来说,这两位作家的作品都被誉为时代的镜子,带有写实派特点,而写实是王尔德讨厌的事情,镜子也是他讨厌的艺术比喻。对这两位巨匠他却不吝赞美,这正说明了王尔德美学框架的弹性和自相矛盾之处。

王尔德并非专门的文艺理论家,彼时的英国文学也还没有经过新批评的洗礼或者说"摧残",理论文字同样能写得生机盎然、"人味"十足。虽然没有从事过专门的理论研究,王尔德对文学和艺术的很多看法却都是足够超前的。在今天看来,他留下的断章小品和20世纪很多先锋思潮都有可以沟通之处,例如,已经有研究者开始这样的专门探索,将王尔德与拉康的精神分析学说联系起来，进而发现二人在艺术上都主张想象对现实的凌越；有研究者认为他的"真实的日本并不存在"的看法，与"新历史主义"有异曲同工之妙；此外，今天为人们津津乐道的日常生活审美化、文化工业、青年亚文化、重审现实主义、审美解放论等思潮，也依然与19世纪末的"唯美主义"有着密切的关系。

本书第三辑"生活的艺术"按"衣食住行"的顺序，收录了王尔德的一些演讲稿和评论文字，还加上了一篇有关谈话艺术的书评文章。这种分类法虽有些刻意经营之嫌，但或可有助于读者了解王尔德对饮食起居、异域异邦这些事情的心得。

1882年，王尔德开始了他著名的北美旅行，其间曾在美国和加拿大进行多次演讲，在美国海关入关时他留下了那句著名的狂言："在下除才华以外，无可申报。"本书第三辑中的《谈谈服装》《雅室》《美利坚印象》《给美国人的装修建议》等几篇文章，就是由当时的演讲稿整理而来。有研究者认为王尔德的这次旅行是19世纪末跨大西洋文学、文化交流的一个标志性事件（signal event）。[1] 19世纪末的英国正在经历一场"文艺复兴"，

---

[1] Morgan Benjamin. "Oscar Wilde's Un-American Tour: Aestheticism, Mormonism, and Transnational Resonance", *American Literary History* 26, no. 4 (2014), pp. 664-692.

而美国仍是一个粗犷的国家，一个不够"美"的国家，因此在这次旅行中，王尔德一方面扮演着美国人的审美导师，一方面则带着强烈的文化优越感，成了美国讽刺笑话的发掘机。在美国人眼里，这位充满异域风情的王尔德魅力无穷，美国媒体将他描述为一个唯美教派的代表。关于这段经历，我们可以在布莱恩·吉尔伯特（Brian Gilbert）导演的电影《王尔德》（*Wilde*，1997）中找到作家在当时和矿工、摩门教徒交流的场景还原。瓦尔特·汉密尔顿（Walter Hamilton）的《英国唯美主义运动》（*The Aesthetic Movement in England*）一书曾专门谈到王尔德美国演讲的盛况。这本书是对英国唯美主义运动的一份完整记录和研究，对王尔德与其文中经常提及的罗塞蒂、莫里斯等人的关系也多有考证。只是这本书尚无中译本，实在是件憾事。

本书收录的这些演讲文字很好地反映了王尔德的生活艺术，他无时无刻不在进行着一种"日常生活审美化"的努力，但是，和费瑟斯通等大名鼎鼎的日常生活审美化运动标杆人物相比，王尔德认为这件事更应该源于艺术家的努力，而大众则应该追随艺术家的步伐，让生活更加美妙。王尔德关于生活美学的见解是最经常被学者们与日常生活审美化运动、法兰克福学派"文化工业"批判以及消费主义、大众文化联系起来解读的。

这本小书之所以收入王尔德的箴言、散文诗、报刊评论、文艺批评、美学理论和演讲稿，并不是妄图澄清某种"误读"，因为在文艺领域,"误读"只要精彩,往往就包含一定的历史必然性,或许也就没有什么澄清的必要。笔者只是希望,这样一部小品集能给汉语世界提供一种对王尔德全新的"误读",这种误读旨在生产某种"刻板印象"之外的其他印象。而且,笔者希望提供的是接受美学意义上的有趣视角,而不是错误的译文和历史细节。王尔德是个博学的生活美学家,尤其又以"讲究"著称,这种"讲究"体现在本书的字里行间,就常常是关于当时甚至更古老年代的"海量"艺术史知识和日常生活细节:谈装饰则充满了19世纪末英国的家具工艺、素材原件、装饰美学名词;谈艺术则涉及自古希腊至19世纪末大大小小、知名非知名的几十位艺术家的名字和作品。这些知识与中国当代读者有着时间维度和文化维度的双重隔阂,如无适当的注解,王尔德的旁征博引难免给人带来抽象、疏离或一头雾水之感。有鉴于此,译者为书中提到的艺术品、出版物、生活场景选配了百余幅图片,并在编辑老师的建议下尽可能为文章增加了导言及注释,以期读者能在视觉和文化背景的维度对王尔德身处的时代、谈论的对象有更加感性的体验。译事艰辛,译者才疏学浅,还望读者多多批评指正。

译者

2020 年 12 月 23 日

第一辑

箴言与散文诗

《道林·格雷的画像》序言

[导言]《道林·格雷的画像》(*The Picture of Dorian Gray*)首次发表于美国费城的文学杂志《利平科特月刊》(*Lippincott's Monthly Magazine*,1890 年 7 月号,13 章版),在英国舆论中引起巨大争议,不少保守人士认为这是一部严重"有伤风化"的作品。有鉴于此,在第二年以图书形式出版的《道林·格雷的画像》修订版(20 章版)中,王尔德撰写了这篇格言体风格的序言。它通常被视为作家为自己小说的一次辩护,以及为艺术和艺术家权利辩护的宣言。

- 艺术家是美妙事物的创造者。

- 艺术的目的在于让艺术临场,让艺术家遁形。

- 批评家是能把对美妙事物的印象转化为其他样式或其他

材料的人。

- 文艺批评的最高境界和最低形态都是自传式批评。

- 在美中发现丑的人已经堕落了，而且堕落得一点也不可爱。这是个错误。

- 书不分道德或不道德，只分写得好或写得烂，仅此而已。

- 19世纪人们厌恶现实主义，就像凯列班（Caliban）[1]在镜子里看见自己面孔的镜像，于是发狂。

- 19世纪人们厌恶浪漫主义，就像凯列班（Caliban）在镜子里看不到自己面孔的镜像，于是发狂。

- 人类的道德构成了艺术的一部分题材，但艺术的道德在于完美地使用不完美的艺术手法。

---

[1] 莎士比亚戏剧《暴风雨》中的人物形象，长相丑陋。——译者注（本书注释均为译者所加，此后不一一说明。）

- 没有艺术家会渴望证明任何事实。哪怕这个事实清晰明了,简单易证。

- 艺术家不该有伦理偏向。艺术的伦理偏向是一种不可原谅的艺术形式。

- 世上不存在病态的艺术家。也不存在艺术家不能表现的事物。

- 思想和语言是艺术家的创作手法。

- 善良与邪恶是艺术家的创作素材。

- 从艺术形式的角度品评,音乐家的音乐便是各类艺术的范型;从艺术感觉的角度品评,演员的表演就是各类艺术的范型。

- 一切艺术都既有外形也有象征。

- 有人要探寻美丽外貌下面的内核,那么对这种探寻,他要文责自负。

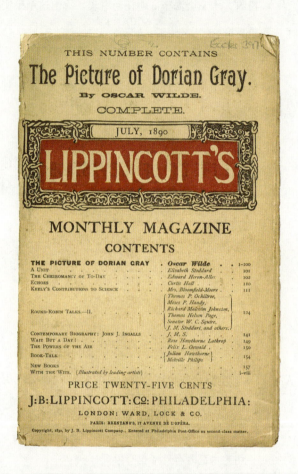

《道林·格雷的画像》杂志版第一版,《利平科特月刊》, 1890 年 7 月号

(对页)
《道林·格雷的画像》图书版第一版书影, 1891 年
《道林·格雷的画像》图书版第一版扉页, 1891 年
《道林·格雷的画像》图书版序言, 1891 年

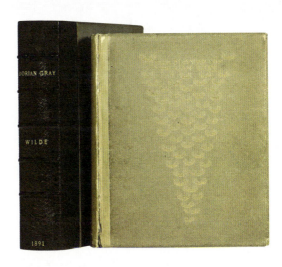

- 有人要解读象征的意义,那么对这种解读,他要文责自负。

- 真正的艺术之镜在于照镜子的人,而非镜子(生活镜像)本身。

- 对一件艺术品的评论越是有各种不同的声音,越说明它独创、丰富且重要。

- 批评家们大可彼此矛盾,艺术家绝不会自相矛盾。

- 一个人做的事若有点价值,但不为其沾沾自喜,这样的人值得肯定;但一个人做的事若毫无价值,他自己却对其视若珍宝,这样的人也值得宽宥。

- 艺术是无用的。

写给被过度教育者的人生指南

[导言] 1894年,王尔德发表了两组简短的智慧箴言,其中之一名为《写给被过度教育者的人生指南》(*A Few Maxims for the Instruction of the Over-Educated*),首发于《星期六评论》(*Saturday Review*)。这篇文字体现了王尔德对艺术中过度理性的反抗。教育过度、思考过细等自休谟、边沁以来的英国经验主义传统,正是王尔德眼里英国人的缺陷。

- 教育是个好东西,但请时时刻刻谨记,最有价值的知识恰恰无法通过教育获得。

- 高贵理念的废墟,正是大众意见的乐土。

- 英国人一贯会将真理简化为事实。当真理真的只剩下事实的时候,它的所有智性价值也就付之东流了。

- 今天无用的知识太少了，这实在是可悲之事。

- 如今，英国文学和英国戏剧唯一的相似点，是两者都得付钱。

- 古时候，书由有识之士写就，给大众阅读；如今，书由大众写成，给乌有先生阅读。

- 大多数女性太造作了，故不懂何为艺术；大多数男性又太粗鄙了，故不懂何为优美。

- 友谊中，悲剧的成分多于友爱，所以友谊才地久天长。

- 生活中的反常之处，正是艺术的常态；这也是生活唯一能够和艺术维持正常联系的地方。

- 一个题材，若本身就足够完美，艺术家反而无从着手了。它缺少的正是不完美之处。

- 艺术是世界上唯一正经的东西；艺术家是世界上唯一不正经的人。

- 要想中世纪化,无肉身便好;要想现代化,无灵魂便好;要想希腊化,不着衣物就好。

- 丹迪主义[1]是对现代性的绝对美的强调。

- 唯一能抚慰贫穷灵魂的正是奢侈;唯一能弥补富有之士的反而是节俭。

- 门徒还是有点用的,他躲在王冠后面,当国王取得大成就的时候,他在他耳边低语:您永垂不朽啦!

- 人永远别倾听,倾听乃是对讲话人的不尊重。

- 罪犯离我们很近,警官都能轻而易举地发现他们;罪犯离我们很远,只有艺术家才能发自肺腑地理解他们。

- 上帝钟爱的灵魂,必将永远年轻。

---

[1] 丹迪主义(Dandyism),19世纪流行于欧洲的一种美学风潮,在这种风潮下,男士开始注重着装等外在美,其代表人物布鲁梅尔称他每天要花五小时梳妆打扮。

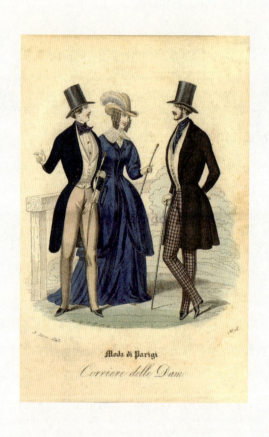

穿丹迪主义风格时装的人,漫画

写给年轻人的警句和忠告

[导言]1894年王尔德发表的两组智慧箴言之二。《写给年轻人的警句和忠告》(*Phrases and Philosophies for the Use of the Young*)首发于牛津大学的学生刊物《变色龙》(*The Chameleon*)。在中国现代文学史上,张闻天曾将其翻译成中文,名为《青年的座右铭》。

- 人生第一要事,是让自己尽可能变得虚伪造作;至于人生第二要事是什么,世界上尚无人晓得。

- 脆弱是善良人士制造的一个神话,用来说明他人的奇妙魅力。

- 如果穷人有个性,那么他便能轻而易举解决他的贫穷了。

- 在灵魂与肉体之间寻找差异的人,既无灵魂也无肉身。

- 真正精心打造的纽扣，是自然与艺术之间的唯一桥梁。

- 宗教被证明为真之时，也就是宗教死亡之日。科学不过是对已死亡宗教的记录。

- 有教养的人和别人争执；有智慧的人和自己争执。

- 任何真实发生过的事儿都异常重要。

- 严肃的时代已经到了，无聊的时代还会远吗？

- 在所有并不重要的事情里，风格是最基本的，而非真诚；在所有重要的事情里，风格也是最基本的，而非真诚。

- 一个人若说的是真话，那么或早或晚，它都会被人发现。

- 快乐是人生第一要义。没有什么比快乐更悠久的事情了。

- 一个人只有赖账，才有望被商界人士铭记。

- 犯罪不一定粗俗，但粗俗必然是犯罪。

- 唯有浅薄之士，方有自知之明。

- 时间就是用来浪费金钱的。

- 人多少该有些荒唐之处。

- 世上所有决断都有其致命之处 —— 它们被决断时都太匆忙了。

- 唯一能够弥补偶尔浮艳的穿着打扮的方法，就是在气质上显示出常常过度的教育和博学。

- 少一些成熟，也就多一些完美。

- 任何对于一件事道德判断的敏感和关注，都体现出你已经在智性的道路上寸步难行。

- 雄心壮志是失败挫折的最后避难所。

- 一个真理，信的人越多，也就越不像个真理。

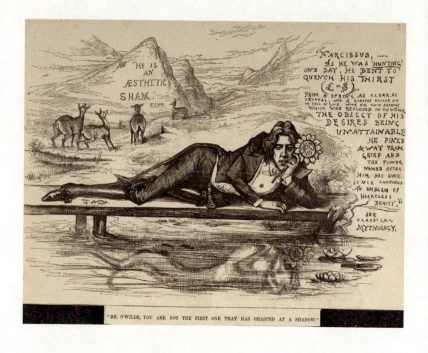

王尔德讽刺漫画。19世纪80年代,王尔德因他的戏剧作品和机智风趣的个人形象享有盛誉,不过很快又因为"私生活"问题而声名狼藉。这幅漫画由美国漫画家托马斯·纳斯特(Thomas Nast)创作,是美国人对王尔德自恋的讽刺,受王尔德散文诗《门徒》启发而作。画中凝视着水中倒影的自恋者形象不再是纳喀索斯,而成了王尔德自己。该作品发表于1894年6月号的《双周评论》(The Fortnightly Review)。

- 考试就是傻瓜出题目，智者不知如何作答。

- 希腊的服饰本质上毫无艺术感，除了身体本身，没什么能够彰显身体的艺术。

- 内在的事物很快就被发现，只有表面的特性方可持久长存。

- 工业是众丑之源。

- 一个时代只有过气之后，才会被载入史册。

- 只有上帝品尝过死亡的滋味。阿波罗已经死去，但人们发现，他杀死的风信子却活了下来。尼禄和纳喀索斯[1]与我们同在。

- 老年人信仰一切；中年人怀疑一切；年轻人自以为懂得一切。

---

[1] 纳喀索斯（Narcissus），希腊神话中的人物，因为凝视水中自己的美貌而死，后成为自恋的代名词。

- 完美的境界是空无;完美的理想是青春。

- 只有"语言大师"方能写出语言晦涩的杰作。

- 无数的英国年轻人都想拥有理想的自我形象,但最后都选择了一些实用的专业。这真是个悲剧。

- 自恋是一生浪漫的开端。

其他箴言选录

[导言]除了专门的箴言篇目外,在王尔德留下的各式作品中也常有精辟幽默的格言警句。本书将这些"神来之笔"中的一部分整理出来,编选为一篇《其他箴言选录》,以使读者能够进一步领略王尔德的语言风采。这些箴言主要出自1889年出版的《意图集》中的《作为艺术家的批评家》《面具的真理》等几篇文章,以及王尔德19世纪80年代在各种报纸杂志上发表的大量短小精悍的评论类文字。

- 女人应该被爱,而不是被理解。

- 哭是普通女人的港湾,却是漂亮女人的坟墓。

- 喜欢玫瑰,就不要把它放在显微镜下。

- 人生经验是每个人给自己犯下的错误起的好听名字。

- 你为什么总是琐碎地谈论生活？因为我认为生活太重要了，我没法认真地谈论它。

- 相爱的人应该永远相爱。所以他们不该结婚。

- 婚姻的基础是相互误解。

- 我不赞成长期的约会，它给了人们在婚前了解对方性格的机会，我认为这是不可取的。

- 为了让浪漫在记忆中永存，就必须让爱情在当下消逝。

- 世间事分为三种：好事，你能做的坏事，以及你做不来的坏事。如果你坚持做好事，你就会受到好人的尊重。如果你坚持做坏事，你就会受到坏人的尊重。但是如果你做了没人能做的坏事，那么好人坏人都会尊重你，你也就真的迷失了。

- 谁要是能整理出"人类百大坏书"，并把它列入教育体系，那可真是当代青少年的福音。

- 回声往往比原声更美。

- 只有当我们学会热爱遗忘，我们才学会了生活的艺术。

- 所有的艺术都是表象和符号。

- 唯一值得说的是那些让我们遗忘的事情，正如唯一值得做的是让世界惊讶的事情。

- 人们教别人知识乃是为了掩饰自己的无知，正如人们微笑是为了掩饰自己的泪水。

- 一般的财富可以从人身上偷走，真正的财富却不能。在你的灵魂宝库里，有无限的珍宝，它们不能从你身上被夺走。

- 现在，回忆录的作者要么是完全失忆了，要么就压根儿没干过什么值得回忆的事儿。

- 以前我们常常把英雄圣贤化。现在我们则常把英雄庸俗化。名著的廉价版本也许令人愉快，但伟人的廉价版本绝对是面目可憎的。

王尔德肖像

- 在艺术繁荣的年代，批评家是不存在的。

- 报刊不值一读，文学没人爱读，这就是它们全部的区别。

- 没有哪位诗人因为必须歌唱才歌唱，诗人因为想要歌唱而歌唱。

- 没有风格，也就没有艺术；没有整体，也就没有风格；而没有个体，也就没有整体。

- 我们对历史承担的唯一责任，就是去改写历史。

- 人在自己行动时，只是一具木偶，在描绘别人的行动时，才是一位诗人。

- 没有艺术，也就不存在批评，批评的至高奥义恰恰在于批评的创造性。

- 最高级的文艺批评的实质就是对自己灵魂的记录。

- 批评家从未一板一眼地复刻他要批评的作品，批评的一部分魅力在于放弃相似性。

• 肉体即灵魂,不仅在艺术中如此,在生活的各个角落都是如此,形式是万事万物的开端。

• 对于伟大的音乐家来说,只有一种作曲手法——他自己的手法;对于伟大的画家来说,也只有一种绘画方式——他自己的方式。

• 若按照世俗的善恶标准,行善是非常容易的事情。

• 艺术没有普遍的真理,在艺术中,谬误也是真理。

• 大众非常宽容,他们宽恕一切,除了不宽恕天才。

• 世上充满了荒谬的正统说法,但很少有人足够强大去抵抗它。

• 她昨晚化妆太过,衣服穿得太少。这是女性绝望的表现。

• 纯真的乡村生活是这样的:人们早睡早起,早起是因为有太多的事情要做，而早睡是因为没有太多的事情要想。

- 每一次经历都是有独特价值的，无论一个人怎么反对婚姻，这肯定也是一次有价值的经历。

- 我从不在听音乐时说话，至少在听好音乐的时候是这样。如果听到了糟糕的音乐，那么你就有责任把它淹没在谈话中。

- 当批评家都不赞同时，艺术家也就表达了自己。

- 据我所知，信仰是最多元的事物。我们都应该以不同的方式相信同一件事物。就像用不同的勺子在同一个盘子里吃饭。

- 感觉是构成我们人生故事的细节。

- 我以前不知道什么是恐怖，现在才知道。恐怖就像一只冰冷的手放在另一个人的心上。

- 责任感像是一种可怕的疾病。

王尔德肖像

- 反复无常和一以贯之的唯一区别在于，反复无常持续的时间更长一些。

- 现在人们了解任何事物的价钱，也就对任何事物本身一无所知了。

- 善良和懦弱其实是一回事。善良就是懦弱这家公司的商标。

- 当艺术更加多样化时，大自然毫无疑问也会更加多样化。

- 我自己是世界上唯一一个我想透彻了解的人，但就目前而言，我看不到有任何机会成功。

- 人做最愚蠢的事总是出于最崇高的动机。

- 没有什么比深思熟虑更能对人格造成致命的伤害。

- 婚姻的魅力在于，它使欺骗对双方而言都成了生活重要的组成部分。

- 人类将永远爱卢梭,因为他不只是向亲密好友,而是向全世界坦白了自己的罪行。

- 谈到"相信",有个悖论,我可以相信任何事情,只要我相信它是难以置信的。

- 古老世界的大门上写着"认识你自己"。在新世界的大门上则应该写下"成为你自己"。

- 耶稣给人的信息很简单:"做你自己。"这就是基督教的秘密。

- 除了被遗忘,没有什么比遗忘更美的了。

- 伦敦到处都是雾霾和一本正经的人。我不知道是雾霾孕育了一本正经,还是一本正经导致了雾霾。

- 一个观点的价值不在于它的表达是否真诚。

- 人生的目标在于自我发展和充分认识自己的本性,这就是我们每个人来到这个世界的目的。

- 要知道葡萄酒的年份和品质,不必喝下整桶葡萄酒。

- 现在每个伟人都有自己的门徒,但给伟人写传记的却总是犹大。

- 每一件精美的东西背后都有悲剧元素。世界必须在痛苦中才能让最美丽的花朵绽放。

- 摆脱诱惑的唯一方法就是屈服于诱惑。

- 一个人在选择对手时再谨慎也不为过。

- 社会主义是非常有价值的,因为它会导致真正的个人主义。

- 未来的个人主义需要通过快乐发展起来。

- 社会上只有一个阶层比富人更看重金钱,那就是穷人。穷人除了钱想不到别的事情。这就是穷人真正的痛苦。

- 谈论一件事比做一件事困难得多。在现实生活中,这当

王尔德肖像

然是显而易见的。任何人都可以创造历史，只有伟人才能书写历史。

- 一个人应该吸纳生命的多彩，但永远不要记住它的细节。细节总是粗俗的。

- 如果一个人不谈论一件事，它就永远不会发生。只有表达才能使事物变得真实。

- 人只有超然远离生活的时候，才会成为生活的旁观者。

- 浅薄的人才需要经年累月来摆脱消极情绪。一个能主宰自己的人能够轻易地结束悲伤，就像他能够轻易创造欢乐一样。

- 不满是个人或国家进步的第一个标志。

- 已婚女性的财产是她的丈夫。这是对已婚女性财产的真正定义。

- 当一个人以自己的方式真诚表达时，他所说必然是谎言。

给他一个面具，他才会告诉你真相。

- 我喜欢简单的快乐，它们是复杂世界的最后避难所。

- 美的含义和人的情绪一样多。

- 生活中真正的悲剧常常以一种并不戏剧化的方式发生，以至于它们没有任何特点，并以粗糙的暴力、绝对的不连贯性、无意义的荒谬性伤害着我们。

- 爱开始于欺骗自己，终结于欺骗别人。这就是世人所谓"浪漫"的含义。

- 什么都不做是世界上最困难、最智慧的事情。

- 要了解自己，就必须了解别人的一切。

- 一个嘴上说生活已经让其筋疲力尽的人，肯定还没有真的筋疲力尽。

- 人们总是可以立刻知道一个男人是否已经成家 —— 只

要注意男人眼里是否常有一种非常悲伤的神情。

- 做好人就是与自己和谐相处。

- 生活没有秘密。生活有一个目标，就是永远都要去寻找诱惑。

- 不爱艺术的方式有两种，一种是不爱艺术，另一种是理性地热爱艺术。

- 身处社会是一种无聊，脱离社会又是一场悲剧。

- 我们生活在一个不必要的事物成了我们唯一必需品的时代。

- 社会往往会原谅罪犯，却永远不会原谅梦想家。

- 人们很容易对苦难产生共情，但很难对思想产生共鸣。

- 只有两种人是真正迷人的，第一种人无所不知，第二种人一无所知。

王尔德肖像

- 对于完全不在乎的人，人们总是异常友善。

- 我喜欢有前途的男人和有故事的女人。

- 正如一些机智的法国人说的，女性激发我们创作杰作的欲望，并且总是阻止我们去真正完成它。

- 一个人可以抵抗一切，除了诱惑。

- 试图改变任何人都是危险的。

- 男女之间不可能有友谊。他们之间可能有激情、敌意、崇拜、爱慕，但绝对没有友谊。

- 对一个人来说，突然发现自己一生只讲真话是件可怕的事。

- 思想的本质和生命的本质都是成长。

- 当我们自相矛盾时，我们最真实。

- 大多数人都被不健康和太夸张的利他主义糟蹋了自己的生活。

- 从艺术的角度来看,生命中最重要的一件事就是永远不要重蹈覆辙。

- 我们教人如何记忆知识,却从不教他们如何成长。

- 把人分成好人和坏人是荒谬的。我们只需要区分有趣的人和乏味的人。

- 只有时尚才会变得过时。

- 对哲学家来说,女人代表着物质对精神的胜利,就像男人代表着思想对道德的胜利一样。

- 世界上唯一可怕的事情就是"厌倦",这是一种无法原谅的罪恶。

- 艺术作品应该主宰观众,而不能让观众主宰艺术作品。

- 一个人应该敞开自己对生活中欢乐、美丽和色彩的感受。对生活中的伤痛则说得越少越好。

- 一生只爱一次的人其实是肤浅的人。他们所谓的忠诚和坚贞,我称之为习惯性的冷漠或想象力的缺乏。

- 所有人都是怪物。唯一能做的就是养活好你身体里这些怪物。

- 如今安慰人的不是悔改,而是享乐。悔改已经过时了。

- 人的完美不在于他拥有什么,而在于他是什么样的人。

- 高尚的道德情操对一个人的健康和幸福都没有多大的帮助。

- 我一直认为,一个想结婚的男人应该要么无所不知,要么一无所知。

- 持久的收入比迷人的个性更有价值。

- 慈善事业造就了许多罪恶。

- 答案有时轻率,但问题从不轻率。

- 众生都活在阴沟里,但有些人在仰望星空。

- 伟大的爱情和悲伤都会被自己的丰盈所摧毁。唯有浅薄的悲伤和浅薄的爱永存世间。

艺 术 家

[导言]王尔德的散文诗常被收入他的童话作品集,这也从一个侧面体现了他的散文诗叙事性强、象征性强的特点。王尔德一生都在新教和天主教之间徘徊,他的父母、爱人的宗教倾向影响着他的道德选择,这种宗教挣扎感也能在他的小说、童话、散文诗里被发现。以下入选的6篇散文诗都是对耶稣生平故事的再创作,因此在主题上都与宗教有关。此外,在语言上,这几篇散文诗也在模仿英文版《圣经》的修辞和语体。在汉语世界中,《圣经》和合本是读者接触最多的版本,其中单字成词的情况比较多,短句比较多,有时句与句之间不会加明显的关联词。因此翻译这几篇文章时译者也尝试模仿这种"似断实续"的表达方式,以便更好地呈现王尔德散文诗的文体特征。

在一个夜晚,艺术家心中萌生了一个愿望——他要赋予自己那瞬息的欢乐一个外在形象。于是他出去寻找铜,因为他只能用铜来塑造一个形象。

可是全世界的铜都不见了,任何地方都找不到,仅有的只剩下那座名为"悲哀"的铜像。

这具"悲哀"乃是由他亲手铸成,他把它放在了埋葬他一生挚爱之物的坟墓上。这坟墓上会摆着表达悲哀的形象,正是因为这铜像象征人们对永生的爱,也象征着人类永恒的悲伤。如今,全世界除了这座铜像以外,再没有别的铜器了。

于是,他把自己曾经铸造的"悲哀"丢进那大火炉燃烧的火焰里化掉。

然后,他就用永恒的"悲哀",造了一座瞬息的"快乐"出来。[1]

---

[1] 意为用象征"悲哀"的铜像熔化后的铜,又造出一个象征"快乐"的铜像。

行 善 者

夜已深,他(耶稣)孤身一人。

远远地,他看见一座城池的环形城墙,于是,他就往城里去了。

当他走近城门的时候,他听见城里有人们欢快的脚步声,爽朗的笑声,和许多乐器喧闹的声响。他敲了敲门,几个守门的人给他开了门。

他看见一座大理石材质的房子,房子前面有漂亮的大理石柱。柱子上挂着花环,内外都有香柏木制成的火把。他走过去,进入那座房屋。

经过了玉髓殿和碧玉殿,他来到了长长的宴会厅,看见有一个人躺在一张长长的紫色沙发上,头上戴着红玫瑰,嘴唇染满酒红。

他走到那人身后,摸了摸他的肩膀,对他说:"你为什么要这样活着?"

那少年转过身来，认出了耶稣，回答说："我从前是麻风病人，你医好了我。不这样活着，我应该怎么生活呢？"

然后他从屋子里出来，再次走到街上去。

过了不长的时间，他看见一个女子，那人的脸上浓妆艳抹，衣服上挂满装饰，鞋子上缀着珍珠。在她身后，一个披着双色斗篷的年轻人，像猎人一样缓慢地走了过来。那女子美若天仙。年轻人的眼睛因欲望而明亮。

耶稣就急忙跟随上去，摸了摸那少年的手，对他说："你为什么用这样的眼神看着这位女子呢？"

那年轻人也认出了耶稣，说："我本是盲人，你重新给了我光明。这双明亮的眼睛，我不看她，应该去看什么呢？"

耶稣就跑上前去，摸了摸那女人华彩的衣衫，对她说："除了罪恶的路，难道没有别的路可以走了吗？"

妇人转过身来，也认出耶稣来，就笑着说："你赦免了我的罪，那么，现在这奢华之路就是一条愉快美好的道路。"

随后，耶稣就离开了城市。

出了城，他看见一个少年坐在路旁啜泣。

耶稣就走到他跟前，摸了摸他的长发，对他说："少年，你为何而哭泣？"

少年抬起头来，认出了耶稣，回答说："我死过一次，是你让我死而复生。除了哭泣，我还能做什么呢？"

弟 子

纳喀索斯死后,在他的欢乐的水池中,一池甘甜的水变成了咸涩的泪,仙女们在树林里哭泣,她们对着池子唱歌,希望给水池以安慰。

她们看见池中水由甘甜变得咸涩,便松开绿色的头发,对着池子喊道:"我们不奇怪你会这样为纳喀索斯哀悼,他是如此美丽。"

"但是纳喀索斯真的漂亮吗?"水池说。

"谁会比你更清楚呢?"仙女们回答说,"他从我们身边经过,但他寻找的是你,他会躺在你的河岸上俯视着你,在你如镜的水里,会映出他自己的美丽。"

水池回答说:"我爱纳喀索斯,因为当他躺在我的河岸上低头看着我时,我在他的如镜的眼里,也看到了我自己的美丽。"

主

夕阳西沉,暮色四合,亚利马太的约瑟点了一个松木火把,就从山上走下来,往山谷里去了。因为他有自己的生意要做。

他跪在荒凉谷的火石上,看见一个赤身裸体的哭泣少年。他的头发是蜂蜜般的颜色,他的身体像白百合一般洁白,但他用荆棘刺伤了自己的身体,在头发上放了灰烬作为王冠。

亚利马太的约瑟就对那赤身裸体哭泣的少年说:"我知道你的悲伤因何而起,因为他(耶稣)确实是个正人君子。"

那少年回答说:"我并非为他而哭泣,而是为我自己。我也曾将水变为酒,我也治好了麻风病人,给予盲人光明。我在水上行走,为坟墓旁的居民驱赶鬼怪。我在没有食物的旷野牧养饥饿的人,又使死人从他们狭小的房屋里复活,按照他们的要求,在众人面前,我让一棵贫瘠的无花果树枯萎了。耶稣所行的一切,我也都做了。可是,可是,他们为何还不把我钉在十字架上呢?"

审 判 所

审判所里寂静无声,有人赤身露体地来到了上帝的面前。

上帝打开那人的生命之书。

上帝对他说:"你的生命是邪恶的,对需要救助的人,你非常残忍,你冷酷无情。困苦的人呼求于你,你既不听,也不理睬。你把遗产据为己有,把狐狸放到邻人的葡萄园里。你把孩子们的面包拿给狗吃,让麻风病人居住在沼泽地里,人们安宁喜乐地赞美我,你却驾车赶他们到大路上去,我在土地上造你出来,你却让那土地染上了无辜者的鲜血。"

那人回答说:"的确如此。"

上帝又打开了生命之书。

上帝对他说:"你的生命是邪恶的:你在努力寻求我所彰显的美,却并不在意我隐藏的善。你房中的墙壁上画着图案,听到笛声,你就从放满可憎之物的床上起来。为我所受的罪你竟筑了七座圣坛,你吃了不该吃的东西,你的紫色衣服上绣着三个可耻的符号。你的偶像既不是金做的,也不是银做的,而是用死尸的肉做的。你用香水染了偶像的头发,又把石榴放在偶像手里。你用藏红花染了偶像的脚,又在偶像面前铺上地毯。你用锑染了偶像的眼睑,用药涂了偶像的身体。偶像的宝座被摆在阳光下,你在你的偶像面前俯伏于地。你向太阳显出了你的羞耻,向月亮显出了你的疯狂。"

那人回答说:"的确如此。"

上帝第三次打开他的生命之书。

上帝对那人说:"你的生命是邪恶的,你以恶报恩,以德报怨。你打伤喂养你的手,羞辱哺育你的乳房。带水来见你的人,你竟然让他渴着离去。夜间把你藏在帐篷里的人,天亮前就被你背叛了。你的仇敌刚饶恕你,你就设下埋伏害他;与你同行的朋友,竟然也被你出卖;带着真情来找你的人,你却以肉欲回报她。"

那人回答说:"也的确如此。"

神合上那人的生命之书,说:"我必将你打入地狱。我要送你到地狱里去!"

那人喊着说:"不,你不能这样。"

上帝对那人说:"我为什么不能让你下地狱呢,为什么呢?"

"因为我本就一直活在地狱里。"那人回答道。

审判所里寂静无声。

过了一阵,神对他说:"我若不叫你下地狱,就必让你到天堂里去。是的,我要派你到天堂去。"

那人喊着说:"不,你不能这么做。"

神对那人说:"我为什么不能差遣你到天堂呢,为什么呢?"

"因为在任何时间,任何地点,我都想象不出天堂的模样。"那人回答说。

审判所里寂静无声。

智慧的老师

从童年起,他内心就充盈着对上帝的充分的认识,即便那时他还只是个小孩。许多圣徒,以及在他出生的城市居住的圣女们,都因他那深沉智慧的回答而感到惊讶。

他的父母把袍子和戒指给予了他,他和父母亲吻后就离开了他们,来到世间,要向世人讲论上帝。因为那时世上有许多人,这些人或是完全不了解上帝,或是不特别熟悉上帝,或是在树林里敬拜着假神。

他向着太阳走去,并没有穿凉鞋,就像他所见的圣徒们走路的模样,他腰带上挂着一个皮革包和一个陶土制的水瓶。

他在大路上行走着,心里充满了因知晓神而带来的喜乐,他不住地歌颂着神。过了些日子,他来到一个有许多城邑的外邦。

他途经11座城。有的城在谷底,有的城在河边,有的城在山岭上。在其中一座城里,他遇见了一个信服他的门徒,门徒过来跟从于他，然后又有许多人从各个城镇赶来跟从他，他知晓上帝的事也就传遍了各地，许多地方的首领也都因之改信上帝了，供奉其他偶像的神殿里的祭司损失了一半的利益，祭司们中午敲鼓的时候，只有个别人带着孔雀或肉类的供品来，这是那个地方在他到来以前的习俗。

百姓都跟从他，他的门徒越来越多了，可他的愁苦也随之越来越多。他不知道为什么他的悲痛如此强烈。或许是因为他常讲论上帝，这些知识是上帝赐予他的。

在一个夜晚，他走出了第 11 座城——那是亚美尼亚的一座城市，有门徒和许多人跟随着他，他走上山去，在山中磐石上坐下，门徒们站在他周围，其他民众都跪在谷中。

他低下头，双手掩面哭泣了起来，他对自己的灵魂说："为什么我充满忧愁和恐惧，而我的每一个门徒，都像是正午强烈的阳光下行走的敌人呢？"他心里回答说："神赐予你关于神的充分知识，你也将这知识赐予了旁人。你把价值连城的珍珠分给别人了，你把还没有缝好的衣服拆开给别人了。智慧被舍弃，就如同被盗贼劫掠。上帝不比你更聪明吗？你算老几，能把上帝告诉你的秘密泄露出去？我曾经很富有，你却让我贫穷。我从前看见神，现在你把他藏起来，让我再也看不见了。"

他又哭了起来，因为他知道自己的灵魂对自己说了大实话，他已经把关于神的知识充分赐给了别人，他知道，他像一个拉住上帝衣襟的人，信他的人增多一个，他的信仰便减却一分。

他便对自己说："我不再谈论上帝了。分享智慧给他人的人，就如同遭到盗匪劫掠一样。"

过了几个小时，门徒们走近他，都跪在了地上，说："先生，请给我们讲论神，因为你完全知晓神，除你以外，没有人还有这么深刻的认知。"

他回答门徒们说："天上地下一切的事，我都可以讲给你们，只是神的事，我将不再让你们知晓了。从现在开始，以至于无尽的未来，我都不会再跟你们谈论上帝的事。"

门徒就向他发怒了，对他说："你领我们到旷野里去，好叫我们听从你。你要叫我们这些门徒还有许多跟从你的人都饿着离开吗？"

他回答门徒们说："我不与你们讲论上帝。"

大家也向他发出怨言，对他说："你领我们到旷野，没有给我们吃的。但与我们讲论上帝吧，这就够了。"

但他没有回答他们只言片语。因为他知道，他若向他们讲论神，就要把他的财宝分享给他们。

门徒们就都忧愁地走了，众人也都回家去了。很多人死在了归乡途中。

只剩他孑然一人的时候，他起身面向月亮走去，他已走了七个月，不与人交谈，也不给任何人回话。到了第七次月残的时候，他来到大河边的一片荒漠。他找到一个半人马曾经住过的洞穴，把它当作自己的住处，给自己做了一块芦苇席，以供躺卧休息，他也由此成了隐士。隐士每时每刻都在赞美上帝，因为上帝让他保留了一些关于上帝的伟大知识。

有一天晚上，隐士坐在他住的洞穴前，看见一个面容邪恶又美丽的年轻人从他身边走过，年轻人穿着简陋的衣服，两手空空。打那以后，每天晚上年轻人都两手空空地走过，每天早晨回来时，手上又捧满珍珠和紫衣。他是个强盗，他劫掠了旅途中的商队。

隐士看着他，非常怜悯。但隐士没有说只言片语。因为他知道，说一句话，他便会失去一分自己的信仰。

有一天早晨，当年轻人又捧着珍珠和紫衣回来时，年轻人停了下来。皱着眉头，把脚踩在沙滩上，他对隐士说："我经过时，你为什么总是这样地看着我？我在你眼里看到了什么？从来没人这样看着我。我如芒刺在背，惶恐不安。"

隐士回答道："你在我眼中看到的乃是怜悯。怜悯是从我眼中流出来的，望向你的东西。"

那年轻人嗤笑着，用讥讽的声音向隐士喊道："我手里有珍珠和紫衣，你只有一席芦苇可以躺卧。你对我有什么好怜悯的？你为什么怜悯我？"

"我怜悯你,"隐士说,"这是因为,你不知晓上帝。"

"对上帝的知识很可贵吗?"年轻人问道。他随之走近洞口。

"它比世上所有的紫衣和珍珠加起来都珍贵。"隐士回答说。

"难不成你有这么宝贵的东西?"年轻的强盗说着,靠近了隐士。

"确实有一些,"隐士回答道,"我有关于上帝的充分的知识。但因我愚昧,我把它分给别人了。不过现在,我还有一些这种知识,它们对我来说比珍珠和紫衣还可贵。"

那强盗听见这句话,就把手里拿着的珍珠和紫衣都丢掉了,他拔出一把钢制利剑,对隐士说:"把你所拥有的关于上帝的知识全部给我,否则我一定会杀了你。你的财宝比我的财宝还多,我为什么不杀了你?"

隐士张开双臂说:"我若到上帝的庭院去赞美上帝,岂不比活在世上而不知晓上帝更好吗?如果你想杀我,可以,但我不会放弃我关于上帝的知识。"

那少年强盗跪下来恳求隐士,隐士却仍旧不肯和他讲论神,也不将关于上帝的"宝物"给予年轻人。那强盗就站起身来,对隐士说:"随你的便。至于我自己,我要往充满七宗罪的城市去,那里离这里只有三天的路程,我的紫衣能从那儿换来欢乐，我的珍珠能从那儿买到喜悦。"于是他拿起珍珠和紫衣，匆匆离开了。

隐士就跟着他，喊叫并恳求他，在路上跟随了那年轻的强盗三天。隐士求强盗回去，不要进那座罪恶之城。

强盗回头看着隐士，对他说："你能将关于神的知识赐给我吗？这知识不比珍珠和紫衣还珍贵吗？你若把它们给我，我就不进这座城了。"

隐士回答说："我所拥有的一切都可以给你，只有一样。因为这一样，我不可把它送给旁人。"

第三天黄昏的时候，他们来到充满七宗罪的城那朱红色的大门前。城里传来许多笑声。

年轻的强盗听了也笑着回应，他想要敲门，隐士却突然跑上前去，抓住他的衣襟，对他说："伸出你的手吧，搂住我的脖子，把你的耳朵贴在我的嘴唇上来，我马上把我所剩下的关于上帝的知识也给你。"

那强盗就站住不动了。

隐士将自己关于上帝的知识给予强盗后，就仆倒在地上哭了起来。浓浓的黑暗将城市和强盗都隐没了，人们再也看不见他们。

隐士躺在那里哭泣的时候，看见一个人站在了他旁边；那人的脚是铜做的，头发细如羊毛。那人叫隐士起来，对隐士说：

"在这以前,你已经有了关于神的充分知识了。现在你失去了知识,但你将得到神的完满的爱。你又有什么好哭泣的呢?"

那个人吻了吻隐士。

第二辑 美学宣言

英国文艺复兴的兴起

[导言]本文是王尔德旅美演讲(1882)中的一篇,首次发表于纽约。文章向美国公众介绍了同时代英国艺术的概况。文中,"英国文艺复兴"这一概念并不指通常所说的以意大利文艺复兴为代表的广义欧洲文艺复兴的英国分支,其代表人物不是乔叟和莎士比亚,其理念也不是"人的觉醒"。在文中,王尔德肯定了以罗塞蒂为代表的前拉斐尔派的美术作品和伯恩-琼斯的诗歌,表达了对罗斯金艺术理念的追随,以及对手工艺的重视和对莫里斯工艺美术运动的推崇。他将这些英国艺术家代表的时代(19世纪中后期)称为"英国文艺复兴"。

众所周知,王尔德崇尚"唯美主义"——为艺术而艺术,反对现实主义中对"艺术模仿现实,模仿自然"的强调。这篇文章则体现了王尔德"唯美主义"的另一维度:反对过度的自我、过度的激情、过度的宣泄,而认为艺术的材料(如语言、音符、颜料)、冷静的技巧、自我的控制才是诞生伟大作品的决定性因素。而这些要素也是这次"英国文艺复兴"的特色。

在审美领域,我们在很多方面都受惠于歌德,尤为重要的是,是他第一个教给我们如何用最具象的方式来界定美,或者说,如何用个性化的方法来表现美。因此,今天有幸在此演讲,我不会试图给美进行任何抽象定义——像18世纪哲学那样,去寻觅关于美的普遍公式,更不会向你们传达"美本质上不可言说"那样的神秘观念,说一幅画或一首诗能给予我们与众不同的奇妙欢愉。我要把19世纪英国文艺伟大复兴的总体思想介绍给你们,并尽可能地发掘它的历史来源,评估其未来走向。

称其为"英国文艺复兴",是因为它确实是人类精神的一次新生。如同光芒万丈的15世纪意大利文艺复兴那样,它渴求一种更优雅、更美好的生活方式,它对肉体之美充满了热情,它对艺术形式尤为关注,它不断探索诗歌的新主题、艺术的新手法以及思辨力和想象力的新的欢乐;我还把它称作英国的浪漫主义运动,因为它是我们关于美的最新表达与最新呈现。

不过,它现在却只被视为希腊思维方式的复兴,中世纪感受方式的复活。我的看法可与之不同。我以为,它的确从希腊艺术那里借鉴了清晰的视觉表现力和持久的静穆庄严,从中世纪艺术那里吸取了丰富的表现手法和图像的神秘风致,但它同时还把现代生活所能呈现给艺术的种种复杂性提供给了人类精神世界。正如歌德所说，研习古法即是回归现实（因为那正是他所做的）；也正如马志尼[1]所说，中世纪无它，唯个性耳。

希腊主义气势恢宏，目的清晰，祥和静美；浪漫主义则富有冒险精神，个性鲜明，激情澎湃，19世纪的英国艺术正源于希腊主义与浪漫主义的结合，正如同浮士德和特洛伊的海伦联姻后孕育了美丽的欧福良[2]那样。

诚然，"古典"和"浪漫"这样的表达方式，往往易成为学院派的口号，我们却需要牢记，艺术只有一句话要说给你听，对艺术来说，它只有一条崇高的法则，即形式法则，或者叫和谐法则。然而，我们至少可以说，古典精神和浪漫主义精神之间存在着差别，前者处理典型，后者则处理例外。在现代浪漫主义精神指导下创作的作品中，艺术不再是永恒的、基本的生命真理，而是它所追求的一个瞬间的情景，一种瞬间的样貌。雕塑作为一种艺术精神的范型，主题支配着情境；而在另一种范型——绘画中，情境则支配着主题。

因此，有两种精神：希腊精神和浪漫精神，它们可以被视

---

[1] 即朱塞佩·马志尼（Giuseppe Mazzini，1805—1872），意大利作家、政治家，意大利统一运动的重要人物。
[2] 欧福良，歌德《浮士德》中的人物，是浮士德和海伦之子。

为构成我们可以意识到的文明传统的基本要素，是我们永恒的审美品位标准。

接下来谈谈这次文艺复兴的起源，在艺术和政治中，所有的革新都只有一个动机，即人类对更高贵的生活形式、更自由的表现方法和表达契机的渴望。然而，在我看来，考量英国文艺复兴的审美和理念时，不管用何种方式将其与孕育它的时代和社会生活隔离开，都是在剥夺它真正的生命力，并且可能会误解它的真义。在这个喧嚣而拥挤的现代世界，我们拥有与艺术有关的爱、激情和追求，当我们想把它们从艺术中抽离出来时，必须考虑到许多重大历史事件，尽管这些历史事件貌似与艺术体验相悖。

与任何狂野的政治热情不同，与任何刺耳的反抗声音不同，我们在英国文艺复兴中所看到的，是它对美本身的狂热崇拜，是它对艺术形式毫无保留的献身精神，是感性，是艺术的排他性。它诞生的最重要原因，我们要到法国大革命那里去寻找，在那里我们能找到它诞生的第一个条件：我们都是法国大革命之子，尽管我们中的有些人高声反对这场革命。当柯尔律治和华兹华斯这样的灵魂对英国失去信心的时候，大洋彼岸的年轻的共和国正好传来了崇高的关于爱的信息。

诚然，关于历史连续性的现代观念告诉我们，无论是在政治上还是在自然界中，革命都并非一成不变的，相反，它是变化不休的。1789年席卷法国的那场狂风暴雨的前奏，使欧洲的每一位国王都为王位而颤抖，在巴士底狱被攻陷前的几年时间里，革命之歌在文学中首次响起。塞纳河和卢瓦尔河的血色场景，是由德国和英国的批判精神铸就的，这种精神使人们习惯于把一切事物都置于或理性或功利，或既理性又功利的考察中，而巴黎街头人们的不满则是爱弥儿和维特的生命回响。因为，卢梭在寂静的湖光山色中，把人类唤回了我们仍有可能回到的黄金时代，他用激情四射的语言宣扬着回归自然的理念，他的气息仍然弥散在我们北方刺鼻的空气中。歌德和司各特[1]又把浪漫从它的监狱里拯救了出来——若无人性，浪漫何为？

然而，在革命的母体里，在那个狂野时代的风暴和恐怖中，文艺复兴的趋势暂时潜伏起来，直到文艺复兴中倾向于为艺术而艺术的时刻来临——首先是一种科学的倾向，在我们这个时代，它孕育了一批声名赫赫的大人物，但在诗歌领域，它也并非毫无益处。我所指的不仅仅是科学给激情赋予理性基础，也不只是那种科学对诗学显而易见的影响，更不是像华兹华斯

---

[1] 即沃尔特·司各特（Walter Scott, 1771—1832），苏格兰著名历史小说家、诗人，被认为是英国历史小说的开创者，代表作有《艾凡赫》《十字军英雄记》等。

曾一本正经地说的那样，诗歌只是面对科学时的激情表达。当高高在上的科学将化为血肉之躯时，诗人会借着科学之神来促使自己蜕变。我也不想多谈那些浩渺的宇宙情感，深邃的泛神论，它们在雪莱那里第一次体现出来，斯温伯恩[1]在其作品里赋予其光辉。我真正想说的是，我要考察科学对艺术精神的影响，是科学让艺术家保持了观察的严密性、对限度的把握和视觉的清晰性，而这些正是真正的艺术家的特点。

威廉·布莱克[2]曾写到，艺术的黄金法则是，界限越清晰、越真切、越明确，艺术作品就越完美，这话用在形容生活上也适用；相反，越不清晰、越不敏锐，就越能证明艺术家的模仿、剽窃和拙劣本性。历代伟大的艺术创造者都深谙此理——米开朗基罗和阿尔布雷特·丢勒[3]都因此而大名鼎鼎，或许，他们成名的唯一原因也就在此。还有一次，威廉·布莱克用19世纪散文体的平实直率风格写道："过度概括是傻瓜的做法。"

---

[1] 斯温伯恩（Algernon Charles Swinburne，1837—1909），英国维多利亚时代诗人、剧作家和文学评论家，以抒情诗闻名于世。
[2] 威廉·布莱克（William Blake，1757—1825），英国著名浪漫主义诗人、画家。
[3] 阿尔布雷特·丢勒（Albrecht Dürer，1471—1528），德国中世纪末期、文艺复兴时期画家，尤以版画著称。

《伟大的红龙与日光蔽体的女人》
(*The Great Red Dragon and the Woman Clothed in Sun*),威廉·布莱克,1805 年

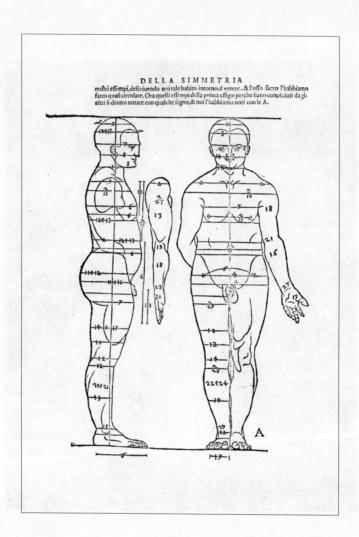

《解剖图》(《人体比例四书》[*Four Books on Human Proportion*] 插图),
丢勒,1594 年

这种对精确性的热爱，对清晰的视觉感的把握，对艺术界限的拿捏，是所有伟大艺术品和伟大诗歌的特征。这是荷马的眼光，是但丁的眼光，也是济慈和威廉·莫里斯、乔叟和忒奥克里托斯[1]的眼光。它是所有高贵的、现实的浪漫主义作品的基石，它与18世纪诗人和法国古典剧作家的寡淡、空洞的抽象方式势不两立，也与德国感伤派模糊的精神论调背道而驰。超验主义精神恰好也与上述两个流派相反，它也是伟大革命的根和花朵，它是华兹华斯激情沉思的基础，它为雪莱的雄鹰般的飞行赋予翅膀和火焰，在哲学领域，虽然它被当今的唯物主义和实证主义所取代，但它留下了两个伟大的思想流派——牛津的纽曼[2]学派和美国的爱默生学派。尽管如此，这种超验主义精神与我所说的真正的艺术精神也是有所不同的，因为艺术家不能用生命中的某个领域来等同于生命本身。他不能逃脱大地的束缚，连逃避束缚的欲望也不该有。

从这个意义上说，艺术家才是现实主义的，这唯一的现实主义便是象征主义，它是先验精神的本质，但它对艺术家

---

[1] 忒奥克里托斯（Theocritus），古希腊诗人、学者。西方田园诗派的创始人。在他之前所谓的田园诗歌只是一种与音乐结合起来的民间创作，而忒奥克里托斯则将它转化为一种纯文学体裁。此后田园诗逐渐成为欧洲文学的主流体裁。
[2] 纽曼（Saint John Henry Newman，1801—1890），19世纪英国著名神学家。

本人来说却是陌生的。亚洲的形而上学头脑会为自己创造出以弗所[1]那样可怕的、长着很多胸脯的图腾，但对希腊人来说，纯粹的艺术家的作品源于最本能的精神生活，遵循着规范化物质世界的事实。

正如安德烈·谢尼埃[2]所说，革命的风暴吹灭了诗歌的火炬。人们并不是在很短的时间内感受到这样一场大风暴的真正影响的：起初，人们对平等的渴望似乎造就了很多大人物，他们比世界上任何时期的人物都更具巨人的形象与风姿。人们听到拜伦和拿破仑军团的竖琴，这是一个充满无限激情和无限绝望的时代，雄心壮志、永不满足是生活和艺术奏响的和弦；这是一个反抗的时代，一个人类精神必须经过的阶段，但它不会就此停止。因为文化的目的不是反叛，而是和平，山谷里充满了危险，军队在夜间发生冲突，那里没有栖身之地，于是众神给艺术分配了新鲜如初的、阳光灿烂的高地和清新的、无忧无虑的空气。

很快，作为革命基础的对完美的渴望，在一位年轻的英国

---

[1] 以弗所（Ephesus），古希腊人在小亚细亚建立的城市，位于加斯他河爱琴海海口，今属土耳其。
[2] 安德烈·谢尼埃（André Chénier，1762—1794），法国大革命时期诗人，因主张君主立宪制被处死。谢尼埃自幼热爱希腊、拉丁文化艺术，又崇尚进步理性，毕生理想就是将现代科学与古希腊形式美结合起来。

诗人身上找到了最完整、最完美的体现。

菲狄亚斯（Phidias）和希腊艺术的成就在荷马那里就有了先兆；但丁为我们预告了意大利绘画的激情、色彩和力度；现代人对风景的热爱始于卢梭；而正是在济慈那里，英国文艺复兴拉开了它的帷幕。

拜伦是一个叛逆者，雪莱是一个梦想家；但济慈有着冷静和清晰的视觉，完美的自我控制能力，对美的精准无误的感觉和对想象界作为一个独立的领域的认知，他是一个纯洁而宁静的艺术家，是前拉斐尔派[1]的先驱，也是我要说的伟大的浪漫主义运动的先驱。

在济慈之前，布莱克确实曾声称，艺术是一种崇高的精神使命，他努力将技艺提升到诗歌的音乐方面的理想水准，但他离诗歌的绘画方面的境界还很遥远，而且他的技术能力还不完备，这对产生任何真正的艺术影响力都是不利的。只有济慈才是19世纪艺术精神的绝对化身。

那什么是前拉斐尔派呢？如果你问英国公众，"感性"（Aesthetics）[2]这个词有何内涵？百分之九十的人会告诉你，

---

[1] 前拉斐尔派（Pre-Raphaelite Brotherhood），也被译为拉斐尔前派，19世纪兴起于英国的一个艺术流派。
[2] Aesthetics 原意为感性学，汉语学界的标准译法为美学，不过王尔德在这里问的是情感体验、感觉印象，故采用了"感性"来对译。

《良心的觉醒》(*Awakening Conscience*),亨特,1853 年

《奥菲利亚》(*Ophelia*),米莱斯,1851—1852 年

《穿蓝色丝绸的简·莫里斯》[*Jane Morris（The Blue Silk Dress）*]，罗塞蒂，1868 年

《珀耳塞福涅》(*Proserpine*),罗塞蒂,1874 年

法国人非常滥情，德国人装腔作势；如果你再问一下前拉斐尔派的人，你会听到一些关于一群古怪的年轻艺术家的故事，他们绘画中有神圣化了的扭曲世界和神圣化了的笨拙事物，这是他们主要的艺术表现对象。英国公众竟然对这些伟大的艺术人物一无所知，这可真是我国义务教育的胜利。

前拉斐尔派的故事倒是足够简单。1847年，伦敦的一些年轻诗人和画家，一些济慈的狂热崇拜者，形成了一种聚在一起讨论艺术的习惯，这种讨论的结果是，英国庸俗的公众突然从平常的冷漠中被唤醒，因为他们听说那里有一群年轻人决心革新英国绘画和诗歌，他们称自己为"前拉斐尔派"。

当时的英国和现在的英国一样，一个人只要努力创作出任何严肃、优美的作品，他的所有公民权就足以因此而消失，不仅如此，前拉斐尔派——其中有大家熟悉的罗塞蒂、亨特、米莱斯[1]——还有另外三种英国公众永远不会原谅的特点：年轻、有才华和热情。

讽刺行为非常可耻，如同不孕不育；讽刺行为非常无能，就像阳痿早泄，正是通过这样的讽刺，公众向艺术家表达了庸

---

[1] 罗塞蒂（Dante Gabriel Rossetti，1828—1882），亨特（William Holman Hunt，1827—1910），米莱斯（John Everett Millais，1829—1896），是前拉斐尔派的三位创始人。

《在切恩道 16 号看〈歌谣与十四行诗〉校样的罗塞蒂》
(*Rossetti reading proofs of Ballads and Sonnets at 16 Cheyne Walk*),
亨利·特雷弗里·邓恩(Henry Treffry Dunn),1882 年

挂着六幅罗塞蒂作品的弗雷德里克·莱兰[1]的会客厅。
贝德福德·勒梅(Bedford Lemere)摄,1892年

---

[1] 莱兰(Frederick R. Leyland,1831—1892),19世纪英国最大航运商之一,也是一位收藏家,和前拉斐尔派艺术家及王尔德本人都有密切交往。

人对天才的一贯"敬意"——这种行为对公众自身造成无限的伤害，使他们看不到美好，使他们不懂敬仰，而这正是一切卑鄙、狭隘生活的根源。但对艺术家来说，讽刺却有片叶不沾身的效果，甚至反而证实了他们的工作成果和雄心壮志的完全正确。因为，在所有问题上，在任何时候，能与四分之三的英国公众意见相左，是思维正常的首要条件，这是给自我怀疑者的深深的慰藉。

关于这些年轻人赋予英国文艺复兴的观念，我们可以从他们的艺术大厦的地基上看到，那里有一种渴望，即赋予艺术更深层次的精神性价值，以及更多的装饰性价值的渴望。

他们自称前拉斐尔派，并不是说他们要照搬那位早期意大利艺术大师拉斐尔的美学。与拉斐尔的轻丽和晦涩相反，他们的作品创造出一种想象力更丰富的现实主义，一种技术上更细致的现实主义，一种更有激情、更生动的视觉感，一种更内在、更强烈的个性。

一件艺术作品只符合它所处时代的审美要求还不够：如果它要给我们带来永恒的愉悦，它还必须有一种独特的个性印记，这种个性与普通人相距甚远，仅仅凭借作品中的某种新颖和奇妙接近人们，也正是通过那些非常新颖而奇妙的路径，我们才更加欢迎它们的到来。

现代法国最伟大的批评家说：个性能拯救人类。

圣·西西利亚（Saint Cecilia）教堂彩绘玻璃，伯恩-琼斯，1900年

但最重要的是，个性是回归自然的一种方式，这个法则似乎适合各式各样的艺术活动——前拉斐尔派画家只会画他们"亲眼所见"的事物，如同真的见过那样去假想这些事物。后来，在黑僧桥边上的老房子里，这个年轻的前拉斐尔派的创立者们曾工作战斗过的地方，两个来自牛津的年轻人也开始了工作，他们是爱德华·伯恩-琼斯[1]和威廉·莫里斯——后者凭着一种更精致的选择精神，凭着对完美品行的更强烈的热爱和追求，取代了早期简单的现实主义。他擅长设计巧妙的视觉图像和丰富精神图景，他的艺术更接近佛罗伦萨派而非威尼斯派，他觉得，正是对自然的严格模仿干扰了想象力丰富的艺术。现代生活中的外在层面并没有对他构成干扰，他想把希腊、意大利和凯尔特传说中的那所有美丽的东西都渲染成永恒。莫里斯的诗歌在我国文学史上是前无古人后无来者的，他凭借完美、准确、文字感觉清晰的诗作，凭借对装饰艺术的复兴，给我们个性化的浪漫主义运动注入了社会观念和社会维度。

　　罗斯金以无可挑剔的激情洋溢的文章与演讲帮助这群年轻艺术家完成这场艺术革命，不仅是艺术思想的革命，也是艺

---

[1] 爱德华·伯恩-琼斯（Edward Burne-Jones, 1833—1898），前拉斐尔派最重要的画家之一，威廉·莫里斯的好友，与后者合伙开办了莫里斯-马歇尔-福克纳公司，专营装饰艺术。

《废墟中的爱》(*Love among the ruins*),伯恩-琼斯,1894年

行动的革命：不仅是概念构建的革命，也是艺术创造的革命。

因为艺术发展史上所有的伟大时代都并不只是艺术个性洋溢和热情澎湃的时代，而主要是新物质技术诞生的时代。在彭特利库斯山[1]紫色的峡谷和帕罗斯岛[2]的低洼小山中，希腊人发现了大理石，这给了希腊人一个契机，使他们有机会增强艺术活动的能量，使他们获得更感性、更朴素的人文主义，而埃及雕刻家则在沙漠中坚硬的斑岩和玫瑰色花岗岩中辛勤劳作，因此他们不能获得与希腊艺术家相同的境界和风格。威尼斯画派的辉煌始于新绘画媒介的引入。现代音乐的进步完全是因为新乐器的发明，而不是因为音乐家对更广泛的社会目标的觉悟增强。评论家可能会试图将贝多芬的延迟音追溯至某种现代理性精神的不完整感上，但是艺术家却自有看法，就像他们后来所回答的："批评家能分清什么是第五音程的时候，艺术家也就获得安宁啦。"

诗歌也是如此：所有那些令人喜爱的奇特的法国韵律，如叙事诗（Ballade）、田园诗（Villanelle）、回旋曲（Rondel），其中种种精心设计的韵律之复杂、词语之奇妙、重章叠句之华

---

[1] 彭特利库斯山（Pentelicus）坐落于雅典东北部，北坡出产大理石。
[2] 帕罗斯岛是希腊爱琴海中的一个岛屿。

丽，正如在罗塞蒂和斯温伯恩的作品中所见，都只是为了完善长笛、小提琴和小号的音乐表达，通过这些乐器，时代之精神和诗人之唇吻可以奏出内涵丰富的乐曲来。

我们英国这场浪漫主义运动亦是如此：它是对诗歌和绘画中空洞的技艺的反抗，是对涣散的艺术执行力的反抗，较之英国之前的想象性艺术，罗塞蒂和伯恩-琼斯等人的作品，以更绚丽的色彩和更丰富的设计进行了自我呈现。在罗塞蒂以及莫里斯、斯温伯恩和丁尼生的诗歌中，那极其准确和考究的语言，纯洁无瑕和一往无前的风格，对美好而珍贵的节奏韵律的追求，以及对每个词的音乐性价值持续的感知，都与单纯的理性价值势不两立。在这一点上，他们与法国的浪漫主义运动步调一致，泰奥菲勒·戈蒂埃[1]建议年轻的诗人每天读字典，因为在他看来，这是唯一还值得诗人一读的东西。

因此，当艺术材料被人类以这样的方式阐述和发现时，其本身就具有了不可言传的、永恒持久的品质，完全满足了诗性特质，它们的审美效果根本不需要任何崇高的理智的视角，不需要任何对生命的批判性思考，甚至不需要任何激情澎湃的人类情感。但是，诗人的精神与方法，也就是所谓的灵感，并没

---

[1] 泰奥菲勒·戈蒂埃（Théophile Gautier, 1811—1873），法国诗人、小说家、文学评论家，法国高蹈派代表人物。

有逃脱艺术精神的控制与影响。这并不是说想象与灵感失去了翅膀,而是说,我们已经习惯于计量它的无数脉搏,估算它的无限力量,管理它那无法控制的自由。

对希腊人来说,诗歌创作条件的问题,以及任何艺术作品中的自发性或自觉性在创作中之位置的问题,具有一种特殊的魅惑力。我们在柏拉图的神秘主义和亚里士多德的理性主义中都发现了这一点。后来,在意大利文艺复兴时期,它激荡着达·芬奇等人的思想。席勒则试图调整形式与感觉之间的平衡,歌德想要尝试思考自我意识在艺术中的地位。华兹华斯把诗歌定义为"在宁静中忆起的情感",这可以被视为对所有想象性工作所要经历的一个必要阶段的分析。在济慈渴望"在没有艺术狂热的情况下仍能进行创作"(引自济慈的一封信)时,他希望用"一种更深思熟虑的、更静谧安宁的力量"来代替诗性激情,我们从中可以看出艺术生命演变中最为重要的时刻。

在18世纪,当理性因素和说教因素入侵诗歌王国,并入侵得如此之强烈时,歌德这样的艺术家才不得不奋起反抗。

歌德曾说:"一首诗越难以理解,便越是一首好诗。"他断言,想象力在诗歌中的崇高地位,等同于理性在散文中的崇高地位。但在19世纪,艺术家必须对情感官能的要求作出反应,也就是说对单纯的情绪和感觉的要求作出反应。简单的欢愉之词与简单的穷苦之音都不再是诗,艺术家的真实体验总是那些尚没有找到直接表达方式的体验，它们被艺术家收藏起来并被融入某种艺术形式中，而这种艺术形式与我们的真实体验似乎是最为遥远的，也是最为陌生的。

波德莱尔曾说："心灵包含着激情，但只有想象力才包含着诗意。"戈蒂埃是现代批评家中最敏锐的一位，是现代诗人中最迷人的一位，波德莱尔所说的也正是戈蒂埃不厌其烦地传授给人们的道理："每个人都会受到日出或日落的感染。"艺术家彼此的绝对区别，不在于他感受自然的能力，而在于他描绘自然的能力。所有理性能力和情感能力，要完全服从于生机勃勃、启迪无限的诗性原则，这才是我们文艺复兴的力量最可靠的标志。

我们已经看到了艺术精神的作用，它首先体现在赏心悦目的技巧性很强的语言领域上，即与主题相对的表达和表现领域上，其次体现在被艺术精神所控制的诗人处理主题时的想象力上。现在我要向你们指出艺术精神在主题选择上的作用。对艺术家独立境界的认识，对艺术世界与真实世界之间绝对差异的认识，对高贵典雅与客观现实之间差异的认识，不仅构成了任何美学魅力的基本要素，而且构成了美学魅力的等级特征。所有伟大的想象性作品以及所有艺术创作的伟大时代，从菲狄亚斯时代到米开朗基罗时代，从索福克勒斯时代到歌德时代，都是如此。

艺术永远不会因为远离当今的社会问题而反伤自己；相反，通过远离社会，艺术更彻底地实现了我们想要的价值。对大多数人来说，"真正的生活"是我们从未体验过的生活，这种从未体验过的生活才更能保持自身的完美，更渴求和嫉妒它尚未达到的美，才不会在感觉上忘记形式，不会用创造的激情代替创造物的美。

艺术家是其时代之子，但对他来说，当前时代一点也不比往昔时代更真实可靠。因为，诗人是所有时间和所有存在的超然旁观者，如同柏拉图派的哲人一般。对他来说，没有什么艺术形式是过时的，没有什么知识学科是过时的；相反，不管是这个世界上什么样的生活，什么样的情感，不管是犹大旷野（Judaea）还是阿卡迪亚山谷[1]，不管是特洛伊河还是大马士革河，不管是在拥挤而丑陋的现代城市街道上，还是在卡梅洛特（Camelot）令人愉快的街道上——所有这些都会像一幅画卷般展开在艺术家面前，它们都是"美"的生命本能。艺术家将接受所有对自己精神有益的东西，但从不贪得无厌；像掌握了美的奥秘的人一样，他冷静地对艺术进行控制裁剪，选择一些事实，抛掉另一些事实。

艺术家对万事万物都有一种诗意的态度，但并非万事万物

---

[1] 阿卡迪亚山谷，位于希腊南部地区，在文艺作品中常代指世外桃源。

都适合做诗歌的题材。在安宁而神圣的美学之家中，真正的艺术家不会选择任何苛刻或不安的东西，不会选择任何令人痛苦的东西，不会选择任何充满矛盾争议的东西，不会选择任何人们喋喋不休争论的东西。

如果艺术家愿意，他可以讨论他那个时代的所有社会问题，如关于贫穷的立法、地方的税收、自由贸易、货币复本位制度等。但当他写这些主题时，就会像弥尔顿所言，是在用他的左手写，是在用散文体写，而不是用诗歌体写，是在用宣传稿的文风写，而非抒情诗的文风写。拜伦没有上述这种精益求精的艺术选择精神，华兹华斯也没有。在这两个人的作品中，有许多东西是我们必须拒绝的，许多东西并不能给我们一种平静和完美的安宁，而这正是所有优秀的、富有想象力的艺术作品该有的效果。在济慈看来，好的艺术作品是静穆的具身化，在他优美的关于希腊古瓮的颂歌[1]中，它找到了最真切完美的表达。在伯恩-琼斯《人间乐园》里的骑士和女士身上，静穆也是一个主导的美学基调。

即使用惠特曼清晰的呼喊声，让艺术女神缪斯离开希腊和爱奥尼亚，把标语牌撤下来，并放在白雪皑皑的帕纳索斯山

---

[1] 指济慈的著名诗篇《希腊古瓮颂》(*Ode on a Grecian Urn*)。

（Parnassus）的岩石上，那也无济于事。卡莉奥佩[1]的召唤还没停止，亚洲的史诗也尚未结束；斯芬克斯还没陷入沉默，帕纳索斯山的圣泉也尚未干涸。因为艺术就是生命本身，它对死亡一无所知。她（缪斯）是绝对真理，她不在乎事实，她认为（我记得斯温伯恩先生在一次吃晚饭的时候非要说那个看法）阿喀琉斯甚至比惠灵顿更逼真、更现实，不仅是说阿喀琉斯作为一个文学典型和人物形象更高贵、更有趣，而且是说他的确更真切、更真实。

文学必须始终基于一个原则，而对时代的考虑根本不是这个原则的组成要素。因为对诗人来说，所有的时间和地点都是一样的。他所处理的东西是永恒的、永不变幻的。没有不适合的主题，主题关乎现在或过去，都不错。汽笛不会惊吓到他，阿卡迪亚的长笛也不会使他感到厌烦；对他来说，只有一种时间，那就是艺术的时间；只有一条法则，那就是形式的法则；只有一块土地，那就是"美"的土地——这片土地确实脱离了现实世界，却更富美感，因为它更加持久。静穆，是的，静穆，然而，希腊雕像面孔上的那种静穆，不是来自拒绝激情，而是缘于与激情融为一体，绝望和悲伤不能扰乱这种静穆，反而更能增强静穆的威力。因此，似乎那些离自己的时代最遥远

---

[1] 卡莉奥佩（Calliope），希腊神话中的史诗女神。

《波吉亚与酒》(*A Glass of Wine with Caesar Borgia*),约翰·柯里尔(John Collier),1893 年(图中最左边为波吉亚)

的人，反而是最能反映这个时代的人，因为他摆脱了生命中偶然和短暂的东西，摆脱了生活中那种"让生活模糊不清的我们习以为常的迷雾"。

那些奇怪的、狂野的女巫，永远处在迷狂的旋风中；那些四肢发达的巨人先知，在神秘的重担下辛勤劳作，探寻着大地的奥秘，他们守卫着罗马西斯廷教堂，并为它增光添彩。萨伏那洛拉[1]的梦想和波吉亚[2]的罪恶呈现给我们的意大利文艺复兴的真正精神，不比荷兰艺术中所有吵闹的农民和厨娘教给我们的荷兰历史的真正精神更多吗？

因此，在我们这个时代，19世纪最具生命力的两种潮流——一种是民主和泛神论潮流，另一种是为艺术而追求生命价值的潮流——在雪莱和济慈的诗歌中分别得到了最完美的表现，在他们那个时代不理解艺术的人眼里，他们似乎是荒野中的流浪者，形象模糊的、不真实的传教者。

我记得有一次，在和伯恩-琼斯先生聊天时聊起科学，他对我讲："有关物质的科学越发达，我就越要画更多的天使，

---

[1] 吉洛拉谟·萨伏那洛拉（Girolamo Savonarola，1452—1498），15世纪后期意大利宗教改革家。
[2] 波吉亚（César Borgia，1475—1507），意大利文艺复兴时期政治人物，一生征伐不断，通常被认为是罪恶的代表，亦是马基雅维利《君主论》中的主要论述对象。

《圣母领报》,安杰利科修士,约 1438 年

《最后的审判》,祭坛画,安杰利科修士,1431年

用天使的翅膀来捍卫物质之上的灵魂的不朽。"

但这些都是对艺术基础的理性思考。就艺术本身而言，构成所有高贵艺术作品必要条件的人类伟大的共情能力该到哪里寻找呢？马志尼所说的社会性观念（而不仅是个人观念）要到哪里寻找呢？我凭什么要求全世界男女都要喜爱并忠于这些艺术家呢？我想，下面我可以来回答这些问题了。

无论艺术给艺术家带来了什么样的精神信息，都只是为了艺术家自身的灵魂需求。它给米开朗基罗带来审判，给安杰利科修士[1]带来和平；给伟大的雅典人带来哀伤，给西西里岛的歌手带来欢笑；我们只要接受艺术家的教诲便好，因为我们知道，我们不能去搅扰歌德的安宁，去折磨莱奥帕尔迪[2]，使他痛苦的唇吻发出笑声。但是，为了证明精神信息的真实性，言说的唇吻要闪耀出雄辩的火焰，独特的形象要显现出荣耀和光辉，只有一件事能证明它的真实——它无瑕的美感和形式。这才是真正的社会观念，这才是艺术快感的真正意义。

不要在不该笑的地方笑，也不要在没有和平的地方呼唤和平；不要在画作中寻找主题，而是要发现绘画的魅力、色彩的

---

[1] 安杰利科修士（Fra Angelico），本名 Guido di Pietro，意大利早期文艺复兴画家。
[2] 莱奥帕尔迪（Leopardi，1798—1837），意大利诗人、散文家。

奇妙和设计的完美。

你们中的大多数人可能见过布鲁塞尔美术馆里挂着的鲁本斯的杰作，火红色的旗帜迎风飞扬，骏马载着骑手飞驰，盔甲和毛发闪耀着光芒，画家捕捉到了那些最美妙的瞬间，呈现出壮美的画面。好吧，这才是艺术的乐趣，尽管基督受伤的脚曾踩在这片金色的山坡上，尽管正是因为耶稣之死，画中华丽的骑手队伍的原型才经过这里。

但是，我们这种躁动不安的现代理性精神对艺术的感性元素的接纳程度还不够。因此，艺术的真正影响对我们许多人来说是隐藏不见的：只有少数人做到了从灵魂的专制中逃脱，领悟了理智缺席而感性在场的高潮时刻的奥秘。

这就是东方艺术影响欧洲艺术的原因，也是所有日本作品的魅力所在。当西方世界一直把它自己理性的怀疑和精神的悲痛赋予艺术时，东方世界却始终忠于艺术原始的形象要素。

在欣赏一尊美丽的大理石雕像的时候，雕像高傲无言的嘴唇呈现的优美曲线，柔美无力的四肢呈现的高贵造型，完全满足了我们的审美欲求。若只关注主干，一幅画并没有比威尼斯玻璃碎片，或大马士革墙壁上的一块蓝色瓷砖承载更多的精神信息和意义：它就是一个美丽的彩色表面，仅此而已。绘画中所有高贵的想象性作品都应该打通精神的密道，而不去凭借生活的事实或形而上学的真理。

但是，一方面，绘画的魅力不依赖对任何文学作品的回忆；另一方面，它也不只是一般技术、技巧的结果，它来自对色彩的某种创造性的处理。在荷兰绘画中，在乔尔乔内[1]或提香[2]的作品中，它的诗情画意完全独立于主题，只依赖形式的选择和工艺的选择，它本身就能令人完全满意，而且（正如希腊人所说）它本身就是目的。

因此，在诗歌中，真正的诗性，诗歌给人的真正欢愉，从来都不在于主题，而是来自对韵律的创造性处理，来自济慈所说的"诗的感性生命"。歌曲在演唱时，伴随着意味深长的欢乐动作，这些动作是如此的可爱。当无法弥补普通人生活的残缺时，为了给人们带来快乐，诗人的荆棘冠冕会绽放成玫瑰；为了给人们带来快乐，诗人的绝望将给痛苦镀金，像阿多尼斯一样，痛苦在折磨中变得美丽。当诗人的心破碎时，心灵就迸发出美妙的音律来。

什么是艺术的健康？这与对生活的理性评价无关。波德莱尔就比查尔斯·金斯莱[3]更健康。健康是艺术家对其作品的形

---

[1] 乔尔乔内（Giorgione，1477—1510），意大利文艺复兴时期艺术家，威尼斯画派画家。
[2] 提香（Tizian，1490—1576），意大利威尼斯画派画家。
[3] 金斯莱（Charles Kinsley，1819—1875），19世纪英国作家、诗人，尤其擅长儿童文学。

式局限的认识，是艺术家给予艺术材料的荣耀与敬意——无论这材料是语言，是大理石，还是颜料——他知道，艺术与其材料真正的紧密关系不在于它们相互借用对方的手法，而在于每次创造都以自己独特的方法进行，都保持着自己的风格的客观限制，艺术乐趣也由此产生。这乐趣就像音乐带给我们的乐趣一样，因为，音乐是一门形式和内容统一的艺术，它的主题离不开它的表现方法，它是最完全实现了艺术理念的艺术，也是所有其他艺术门类不断追求的境界。

再来说说文艺批评在我们的文化中有什么地位吧。好吧，我认为，艺术评论家的首要职责是，在任何时候对所有话题都保持沉默：啥也不做，这是一大优点，但别滥用这个优点。

只有体验过创造过程的神秘，才能获得关于作品水准的认知。你们听了吉尔伯特[1]先生一百个晚上的《耐心》[2]，但只听了我一个晚上演讲。毫无疑问，如果你对主题和内容有更多了解，你对艺术的讽刺批评会更有趣，但是你不能用吉尔伯特先生的讽刺风格来评判"美"。你不应该通过在光束中起舞的尘埃或波浪上破裂的气泡来判断太阳的光辉或海洋的壮美，同样

---

[1] 吉尔伯特（William Schwenck Gilbert，1836—1911），英国剧作家，擅长喜歌剧，作品中充满装疯卖傻、讽刺挖苦话语。一些台词片段成为英语中的固定幽默表达。
[2] 《耐心》（*Patience*）为句中提到的剧作家吉尔伯特的作品。

《沉睡的维纳斯》,乔尔内尔,1510 年

《乌尔比诺的维纳斯》,提香,1538 年

的道理，也不要把文艺批评家当成艺术的法官。正如爱默生所说，艺术家们就像希腊诸神一样，只有艺术家会发现另一个艺术家的价值；只有时间才是他们的真正价值的裁决者。在这方面，时间是万能的。真正的批评家不是针对艺术家进行文艺批评，而是针对大众发表看法。文艺批评与大众紧密相连。艺术除了自身的美之外，再无其他诉求：是批评家为艺术创造社会目标，用他领会到的艺术作品的精神，通过他给予艺术的爱和从艺术作品中吸取的教训来教育人民。

所有要求艺术与现代进步和现代文明更加和谐的主张，所有要求艺术家自己成为人民喉舌的主张，所有呼吁艺术要有"使命感"的主张，都是应该向公众发出的呼吁。艺术满足了美的任务就满足了一切任务：批评家应该教会人们，如何在这种艺术的平静中找到他们自己最狂野的激情的最高表达形式。济慈曾说："我对大众并无敬意，对现存的世间万象也无敬意，我只敬重永恒的存在、伟人的思想和美的原则。"

因此，我认为这句话就是我们英国文艺复兴的基本原则，这是一次多维多元的、精彩纷呈的、志向雄壮的、个性高贵的文艺复兴，尽管它在诗歌、装饰艺术和绘画方面都取得了辉煌的成就，也使服饰和室内装潢更加美丽和优雅，但这还不是它的全部。因为没有美好的民族精神生活，就没有伟大的雕塑，正是英国的商业精神扼杀了这一点；没有高贵的民族精神生活，就没有伟大的戏剧，英国的商业精神也扼杀了这一点。

这并不是说大理石那无瑕的静穆之美无法担负现代理性精神的重担，无法让浪漫主义的激情之火成为其本能——如美第奇的洛伦佐[1]公爵的墓地和美第奇家族的小礼拜堂向我们展示的——而是，正如戈蒂埃曾经说过的那样，视觉艺术的时代已经消逝。

也不是如一些评论家所说的小说扼杀了戏剧——法国浪漫主义运动向我们展示了这一点。巴尔扎克和雨果的作品是同时出现的，尽管他们自己可能没意识到，但他们的作品是相辅相成的。虽然所有其他形式的诗都可能在一个平庸的时代蓬勃发展，但抒情诗人的强烈个性被自己的激情滋养孕育，被自己的力量点燃发光，它可能会成为一根火柱，穿越沙漠，也穿过平原。虽然没有人追随它，但它依然光彩照人——相反，伴随它孤独的崇高，它也可以迸发出更壮美的言辞、更清丽的旋律。梦想家或田园诗人可以乘着隐形的诗性翅膀翱翔，摆脱卑鄙肮脏的生活的限制。他可以披坚执锐，穿过月光下的高地，

---

[1] 美第奇的洛伦佐（Lorenzo de' Medici），意大利政治家，文艺复兴时期佛罗伦萨共和国的实际统治者。被同时代的佛罗伦萨人称为"豪华的洛伦佐"（Lorenzo il Magnifico），是当时重要的艺术家赞助者。他生活的时代正是意大利文艺复兴的高潮期，他的逝世也意味着佛罗伦萨黄金时代的结束。

美第奇的洛伦佐公爵墓碑雕像,米开朗基罗

美第奇礼拜堂内景,佛罗伦萨

美第奇礼拜堂外景,佛罗伦萨

尽管牧神和巴萨尔已不再跳舞。他可能像济慈一样在旧大陆的拉特摩斯森林中漫步[1]，或者像莫里斯一样，当国王和凯利早已过世，仍站在海盗船的甲板上[2]。但是戏剧是艺术和生活的交汇点；正如马志尼所说，戏剧不仅涉及个体的人，而且涉及社会性的人，以及人与上帝和人类的关系。它是一个伟大的民族大团结时代的产物；没有高贵的大众，便没有高贵的戏剧，它属于伦敦的伊丽莎白时代和雅典的伯里克利时代；它是希腊人击败波斯，英国海军击溃西班牙无敌舰队的如火激情和高昂士气的一部分。

雪莱感到了我们的文艺运动在这方面是多么的不完善，他还在一出卓越的悲剧中表明，他将通过恐怖和怜悯来净化我们的时代。《钦契》(*Cenci*)就是他的一种重要的艺术渠道，通过这种艺术形式，19世纪的英国天才在寻找他的出口和表达。他没有可模仿借鉴的人。

也许，我们应该向你们求助，以完成和完善我们这一伟大运动，因为在你们的世界里，在你们呼吸的空气中，有一些希腊风格的东西，它比我们古老的文明更能迅速地感知到伊丽

---

[1] 济慈诗歌《恩底弥翁》(*Endymion*)的主人公恩底弥翁幼时曾在拉特摩斯山牧羊。
[2] 莫里斯非常迷恋北欧神话和维京海盗的故事，他曾将萨迦神话译为英文，1871年还专程去冰岛旅行考察。

莎白时代英国的欢乐和力量。至少，你们还年轻，"没有饥饿的岁月把你们踩在脚下"，过去的回忆不会施加难以承受的重负而使你们疲惫不堪，也不会因为曾经美丽的遗产而把你们嘲笑，因为你们已经失去了创造它的秘诀。罗斯金先生认为，传统的缺失会使你的河流失去欢笑，使你的花儿失去光亮，但我认为，这恰恰是你们自由和力量的源泉。

在文学作品中，用动物的动作体现出的完备、正直和无邪，以及用树林里的树木和路边的草体现出的完美的情感来表达的表现手法，已经被你们的一位诗人[1]定义为艺术的绝对胜利。这是你们高于所有民族的地方，你们可能注定要取得这样的胜利。因为海洋和山脉里的声音，并不只是自由随机的声响。在高山风吹草动的奇观和大海寂静深邃的威严中，还有其他的信息——如果你愿意倾听，这些信息可能会使你获得一些新的闪耀的想象力，一些新的美的奇迹。

"我预见到，"歌德说，"这是新文学的曙光，所有人都可以称新文学为自己的文学，因为所有人都为新文学的构建做出了贡献。那么，倘若，像欧洲大陆那样伟大的文明的素材就在你们周围，你们会问我，对我国的诗人和画家的这些研究有何益处呢？我可以这么回答，智性研究可以在没有直接的说教对

---

[1] 指美国诗人惠特曼。

象的情况下，参与解决艺术问题和历史问题。智性的要求仅仅是感到自己的活力；凡是男人或女人曾经感兴趣的东西，都不能不成为文化的合适主题。"

我可以提示你，全欧洲都欠流亡在维罗纳的那个佛罗伦萨人[1]一份悲哀，或欠法国南部那口小井边的彼得拉克一份爱。不，更重要的是，即使在这个沉闷的物质主义时代，一位老人[2]从大城市的喧嚣中退隐，隐于坎伯兰的湖泊和朦胧的山丘中，他对素朴生活的简单表达，也已经为英格兰打开了新的快乐的宝藏，与之相比，城市里的奢侈的财宝就像公路旁的贫瘠的大海，就像燃烧罪奴的苦涩的火焰。

但我想，除了这些之外，这样的研究还会额外带给你一些东西，那就是对艺术真正力量的认识：不是说你要模仿这些人的作品，而是要学习他们的艺术精神，学习他们的艺术态度，我想你们应该吸收这些东西。

因为在民族层面，如同在个人层面一样，如果创造的热情不伴随着批判性的审美能力，创造热情就一定会漫无目的地浪费自己的力量，会导致失败，也许会在艺术精神的选择上犯错，或对艺术形式不够敏感，或追随了错误的艺术理想。

---

[1] 指大诗人但丁。
[2] 指湖畔派诗人华兹华斯。

因为想象力的各种精神形态与艺术的某些感性形式有着天然的亲密联系——辨别每一种艺术的特质,确认它的局限性以及加强它的表现力,是我们的文化对我们的要求之一。文学不需要增强道德感,不需要加强伦理监督。事实上,人们永远不应该谈论一首道德的诗或一首不道德的诗——诗要么写得好,要么写得烂,仅此而已。而且,艺术中的任何道德元素,或隐含的善恶标准的提出,往往是一定程度上艺术视野不完善的标志,往往是和谐的想象性创造中一种不和谐的音符。因为,一切好的作品都只是为了达到一种纯粹的艺术效果。"我们必须小心翼翼,"歌德说,"不要仅在明显的道德领域中寻找文化。一切伟大的东西,只要我们能意识到它的存在,它就会促进文明的发展。"

但是,与城市美学类似,你们的文学所缺少的正是一种审美品位的永恒典范与标准,一种对美更高级的敏感(如果我可以这样说的话)。所有高贵的工作不只是民族性的,而且是普世性的。一个民族的政治独立,绝不能与任何思想独立混为一谈。精神自由,你们自己的洒脱的生活和自由的空气会给予你们;而从我们这里,你们会学到古典对艺术形式的约束。

因为一切伟大的艺术都是精致的艺术,粗野不意味有力量,苛刻也不意味有力量。"艺术家,"正如斯温伯恩先生所说的,"必须是完美精致的表达者。"

限制对艺术家来说反而是自由：限制既是他力量的源泉，又是他力量的标志。所以，所有风格的顶级大师——但丁、索福克勒斯、莎士比亚——也都是精神和思想视野层面的顶级大师。

为了艺术本身而热爱艺术，那么你所需要的一切东西都会降临于你。

为美献身，创造美好事物，这些是对所有伟大文明国家的考验。哲学可以教我们心平气和地承受邻人的不幸，科学可以把道德感还原为糖构成的分泌物，但艺术，会使每个公民的生活不再是投机行为，而化为一种神圣的仪式，艺术会使整个民族的生命永垂不朽。

因为唯有美是时间所无法伤害的。哲理如沙粒一般坠下，信条如秋日枯叶一般飘落，但美的事物是四季不易的欢乐，是永恒不朽的财富。

这些事情一定永远存在：战争会爆发，军队会发生冲突，人们在被践踏的郊野和被围困的城市里彼此相遇，有帝国会随着战争而崛起……但是我认为，在所有国家之间，艺术创造了一种共通的精神氛围，即便它不能给世界插上和平的银翼，至少也可以使人们彼此称兄道弟，使他们不至于像在欧洲发生的那样，只是为了某个国王的心血来潮，或某个大臣的愚蠢决策，就互相残杀。博爱不会因该隐[1]之手而无法到来，自由也不会借无政府主义的形式而去背叛自由本身，因为在文化教养最匮乏的地方，民族仇恨总是最强烈。

歌德说："我怎么能那么做呢？"当有人责备他不像克尔纳[2]那样写出反对法国人的文章时，他说："我怎么能那么做呢？野蛮和文明之别对我才是最重要的，我怎么能憎恨一个地球上最有文化修养的民族呢？况且我自己文化修养很大一部分也源于这个民族。"

只要个人野心和时代精神融为一体，强大的帝国就会永远存在。但是，对艺术帝国来说，敌人不能通过征服而从另一个民族那里夺取它的艺术，而只能通过屈服来获取它的艺术。古希腊和古罗马的主权因此还没有消失，尽管古希腊的神已经死了，古罗马的鹰已经倦了。

而英国文艺复兴时期的人，正在努力建立一种艺术主权，当她的黄豹厌倦了战争，她盾牌上的玫瑰不再被鲜血染红，这

---

[1]《圣经》中的人物，该隐在西方文化传统中通常被认为是恶人与杀人犯的鼻祖，是恶与杀戮的象征。
[2] 指西奥多·克尔纳（Theodor Körner），德国诗人，1813年参加反抗法国的战争并在战争中身亡。1795年，普鲁士王国被拿破仑军队击败，被迫割让莱茵河以西的领土；1806年普鲁士王国再次败给拿破仑，不得不割让了易北河以西的领土，并赔款1.3亿法郎。这段时期是德法矛盾尖锐期，克尔纳以反抗法国为主题写了很多诗篇。

种主权仍将属于英格兰。而你们，也从一个伟大民族的豪迈心灵里吸收了这种普遍的艺术精神，你们的土地上仍将遍布铁路网，你们的城市仍旧是世界级的港口，在这之外，艺术精神将为你们自己创造未曾创造过的财富。

我的确认为，希腊人和罗马人关于美的神圣预言不可剥夺，它并不是我们的遗产。要想让我们的艺术信息和主权精神使我们免受一切残酷的外来影响，我们北方民族必须转向我们这个时代紧张的自我意识，因为它是我们所有浪漫艺术的基调，也必然是我们所有的或几乎世界上所有文化的源泉。我指的是19世纪知识分子的那种好奇心，这种好奇心总是在探寻生活的奥秘，而这种奥秘仍然围绕着旧日古老的文化形式存在。它从每一种古老文化中汲取对现代精神有价值的元素——汲取雅典的奇迹而非崇拜，汲取威尼斯的辉煌而非罪恶。现代精神总是在分析自己的长处和弱点，盘算着它从东方和西方汲取了什么，从科隆的橄榄树和黎巴嫩的棕榈树汲取了什么，从客西马尼园[1]汲取了什么，从珀耳塞福涅花园[2]获得了什么。

---

[1] 客西马尼园（Gethsemane），耶路撒冷的一个果园，基督教圣地，相传耶稣被钉死在十字架前夜曾与门徒们在此祷告。
[2] 珀耳塞福涅花园（The garden of Proserpine），Proserpine 即珀耳塞福涅（Persephone）的罗马拼写。

然而，艺术的真理是没法被教会的：它们只能被揭示，被揭示给那些通过研究美好事物、崇尚美好事物，而使自己接纳美好感性印象的天性。因此，在英国文艺复兴时期，人们对装饰艺术高度重视。所有出自伯恩-琼斯之手的奇迹般的设计，所有编织挂毯和染色玻璃，还有那些以黏土、金属和木头为素材的美丽工艺，都要归功于威廉·莫里斯，他是14世纪以来我们英国最伟大的手艺人。

因此，在未来的日子里，在每个人的房屋里，任何既不让制造者欢欣，也没有给使用者带来愉悦的事物都应该消失。孩子们就像柏拉图《理想国》里的孩子们一样，将"在万事万物皆公平的单纯氛围里"——请让我引用《理想国》中的一段话——"在万事万物皆公平的单纯氛围里，美，也就是艺术精神，会像一股爽朗的风一般，从空气清新的高地上吹来，把健康带给人们，并在不知不觉间，逐渐使孩童的灵魂与所有知识和智慧和谐相处，这样一来，他就会在知晓缘由以前，就开始爱真善美好的东西，而开始恨邪恶丑陋的东西（因为它们总是同时发生的）。而当他明白原因的时候，他就会像朋友一样，亲吻艺术的面颊。"

这就是柏拉图在装饰艺术对一个民族的作用方面的见解，他觉得，一个人的青春若荒废在不舒服的、很庸俗的环境中，那么，不仅仅是哲学思想的奥秘，任何熙熙攘攘的生灵的奥秘，都会在他外面藏匿起来。而形式和色彩的美，甚至如柏拉图所说，在最简陋房子的朴素器皿中，也会找到进入灵魂深处的途径，并引导男孩自然而然地寻找精神生活的神圣与和谐，而艺术正是这种精神生活的具体象征和物质保证。

的确，对美好事物的热爱将成为我们一切知识与智慧的前奏。然而，有些时候，智慧也会成为一种负担，而知识则与感伤合二为一：这时每个身体都有知识的影子，每个灵魂也都有知识的怀疑论。在这个不和谐且让人绝望的可怕的时刻，在这个四分五裂又动荡不止的时代里，我们应该把我们的脚步转向何方？转向那个安全的"美"的家园吧，那里总有无我，总有极乐；转向圣城（Città divina）吧，就像那个古老的意大利异端所说的那样，那里能暂时远离世界的颠倒恐怖，也能暂时远离世俗的种种选择。

这就是艺术的慰藉（Consolation des arts），它是戈蒂埃诗歌的基调，是现代生活的秘密。事实上，在我们这个世纪，还有什么地方不是如此呢？你们还记得歌德对德国人民说过这样的话吧——"你们要有勇气，"他说，"有勇气接受自己的感官印象，让自己为那些伟大事物喜悦、感动、净化，而非被那些伟大事物指导和启发。"要有把自己交给感官印象的勇气：是的，这就是艺术生活的奥秘。与其把艺术定义为对感官暴政的逃避，不如把它定义为对灵魂暴政的逃避。此外，只有那些崇拜艺术崇拜到觉得它高于一切的人，艺术才会对其展示它真正的宝藏；否则，像卢浮宫残缺的维纳斯在浪漫而又多疑的海涅面前一样，艺术将无力帮助你。

事实上，我认为，我们身边的事物若能同时给制造者和使用者以满足，那随之而来的收益是怎么估计也不为过的，这是装饰规则中最简单明了的一条。有一件事可以让我们明白这一点：对一个国家伟大与否的可靠考验，就是该国人民与自己的诗人是否亲近；但是在今天，在诗人和读者之间，似乎存在着一条不断扩大的鸿沟，这条鸿沟是诽谤和嘲讽所不能跨越的，却能被爱的闪光羽翼所跨越。

我认为，那些长期摆在我们书房里的高贵而富于想象力的作品，正是这种爱的最可靠的种子和对未来的准备。我的意思并不仅仅是指艺术的表面上的知识传达作用。通过表面信息，一个希腊男孩可以从红黑相间的小油杯或酒杯中了解阿喀琉斯雄狮般英勇辉煌的战绩，了解赫克托耳的力量，了解帕里斯的美丽和海伦的惊奇，在他站在拥挤的集市上或在大理石的剧场里聆听这些故事之前，他就已经提前了解这些了；或者说，一个15世纪的意大利孩子可以通过这种艺术表达，从雕刻的门廊和绘图的箱子中了解到卢克丽霞[1]的贞洁和卡米拉[2]的死亡。但是我们从艺术中得到的好处，并不是我们从艺术中学到的知识，而是我们通过艺术成为什么样的人。

艺术真正的影响是赋予心灵以热情，这是希腊主义的秘密，使心灵习惯于向艺术提出要求。要求艺术为我们重新安排日常生活，要求它在这方面能做的一切——无论是给最激情澎湃的时刻以最灵性的解释，还是给那些离感性最远的思想以最感性的表达；艺术真正的影响还在于使心灵习惯热爱想象艺术本身，习惯渴望一切事物的美和优雅。因为若不爱一切事物中的艺术，就根本不爱艺术，若不需要一切事物中的艺术，就根本不需要艺术。

我相信伟大的哥特式大教堂里有让你们愉快的事物，对此我就不详谈了。我的意思是说，那个时代的艺术家，自己本就是石匠或玻璃手艺人，他们在徘徊于他周围的工匠们的日常工作中，在那些早就为他准备好的美丽作品中，就已经找到了最好的艺术创作动机——比如沙特尔[3]的那些可爱的窗户——

---

[1] 卢克丽霞（Lucrece），古罗马时期贵妇，她曾遭到塞斯图斯·塔奎尼乌斯（Sextus Tarquinius）强暴，此事成了一场推翻罗马君主制的暴动导火索。"卢克丽霞被强暴"成为西方绘画史上的经典主题。
[2] 卡米拉（Camilla），维吉尔《埃涅阿斯记》中的人物，被人跟踪杀害。
[3] 沙特尔（Chartres），法国城市，以城中大教堂闻名于世，教堂中的彩绘玻璃尤其出名。

《卢克丽霞被强暴》,提香,1571 年

《卢克丽霞》,阿尔泰米西娅·真蒂莱斯基(Artemisia Gentileschi),1620—1621年

《卢克丽霞被强暴》,阿尔泰米西娅·真蒂莱斯基,约1645年

在那里，染工在大桶里浸布，陶工坐在转轮旁制陶，织工站在织布机前纺织。这些真正的制造商，真正的手工业者，都令人赏心悦目，不像我们这个时代的自鸣得意的虚荣商人，现在的商人对他所卖的纺织品或花瓶一无所知，他们只知道向你收取双倍费用，并认为——这东西你都买，你可真是个傻瓜呀。我也不必顺便就希腊和意大利的装饰工艺对其艺术家产生的巨大影响多加讨论，希腊装饰艺术教会了雕塑家在图案设计中自我克制，这是帕特农神庙的荣耀。意大利装饰艺术则使绘画始终保持其原始的、高妙的色彩，这是威尼斯流派的秘密。

我还希望，至少在这次演讲中，能详细介绍一下装饰艺术对人类生活的影响——介绍艺术的社会效果而不只是它纯粹的艺术效果。

世界上有两种人，有两种伟大信念和两种不同的秉性：对其中一种人来说，行动是生命的目的，对另一种人来说，思考是生命的目的。后一种人追求的是体验本身，而不是体验的结果，他们必须永远保持着如火的热情。他们觉得生活有趣不是因为生活奥秘，而是因为生活情境；不是因为生活的目的，而是因为生活的脉搏。对他们来说，装饰艺术所产生的审美激情，比任何政治热情或宗教热情，比任何对人道的诉求，比任何爱情的狂喜或悲痛，都更令人满意。因为艺术对个体宣称，要给个人以高光时刻，而且艺术就是为了这些时刻而来的。对那些认为思考是生活的目的的人来说，仅此而已。对那些认为生命与活动密不可分的其他人来说，这个运动就特别珍贵：因为，如果我们的时代会因没有工业而贫穷，那么我们的工业则会因没有艺术而野蛮。

世上一直都会有砍柴翁和打水工。现代机器毕竟并没有减轻人类的劳动，但至少让放到水井里打水的水罐变得漂亮，这样一来日常的劳动肯定更加轻松愉快了。把木头弄出一些可爱的造型和优雅的设计来，劳作的人也将不再觉得乏味，而是感到高兴。除了工匠在工作中表现出的喜悦之外，装饰艺术还能有别的什么目的吗？当然，也不仅仅是快乐——让人快乐固然是一件伟大的事情，但还不够——艺术还是表达他自己个性的机会，因为这是所有生命的本质，是所有艺术的源泉。

"我曾尝试过，"我记得威廉·莫里斯曾经这么对我说，"我试着让每一个手艺人都成为艺术家，当我说艺术家时，我指的是作为一个'人'的艺术家。"对一个工匠来说，不管他是做什么工艺的，他都不再是奴隶，不是要他去编织紫色长袍，然后穿在得了麻风病的国王的身体上来隐藏和装点奢侈的罪恶，而是说，艺术是一种生活的美丽和高贵的表现，其中包含着美丽和高贵的存在。

综上，你必须善于发现手艺人，并尽可能给他一个舒适的环境，因为请你记住，一个手艺人真正面对的考验，或者一个手艺人的美德，不在于他是否认真，甚至不在于他是否勤奋，而在于他的设计能力。"设计不是空想的产物：它是长期学习积累和良好习惯的结果。"如果你不让你的手艺人处在愉悦的氛围和美丽的事物中间，那么世界上所有的教学都是徒劳的。他不可能对色彩有正确的认知，除非他看到未经破坏的大自然那美丽的色彩；他不可能做出美好的事，采取美好的行动，除非他看到周围世界美好的事件和行动。

因为要培养共情，你就必须置身于生活中并思考生活。要培养敬意，你就必须置身于美丽的事物之中并观察这些美丽事物，"托莱多（Toledo）的钢铁和热那亚（Genoa）的丝绸只会给人以压迫的力量，促生人的狂傲"。正如罗斯金先生所说，去创造一种源于人民的双手的艺术，为人民的快乐服务的艺术，抚慰人民心灵的艺术吧；去创造一种表现生活中的快乐的艺术吧。"在日常生活中，没有什么会琐碎到无法因你的抚摸而变得高尚。"生活中没有什么是艺术所不能神圣化的。

我想，你们中有些人曾听说过两种与英国美学运动有关的花卉，据说人们认为这两种花是美学运动中的某些年轻人的食物（我向您保证，这是错的）。好吧，尽管吉尔伯特先生可能这么讲，但我要告诉你，我们爱百合和向日葵的原因根本不是出于任何素食主义的倾向，而是因为这两种花一种华美艳丽，另一种珍贵可爱，能给予艺术家周致完美的审美愉悦。它们是

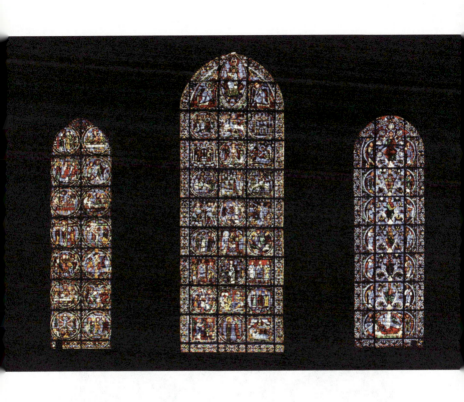

沙特尔教堂彩绘玻璃(西侧三扇窗)

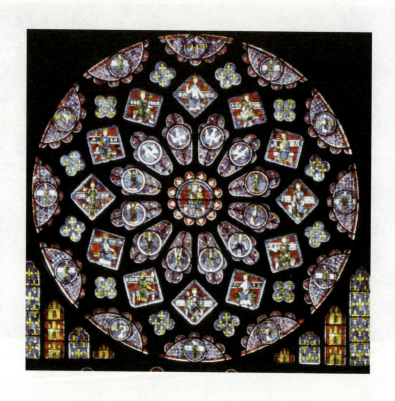

沙特尔教堂彩绘玻璃(北侧圆形花窗)

英格兰最完美的两种设计纹样，可以非常自然地被用于装饰艺术。对你个人来说也是如此：在你的草坪上，没有一朵花的卷须不能被用在你的枕头上；在森林里，没有一片叶子不符合审美设计的规律，没有任何弯曲的野玫瑰或蔷薇花会不适合体现在拱门、窗户或大理石柱的雕刻上；在天空中，没有一只鸟的翅膀划出的优美的曲线和绚丽的色彩不会让那些原本简朴的装饰愈发珍贵。

我们耗尽光阴追寻生命的奥秘，最后却发现，生命的奥秘就在艺术之中。

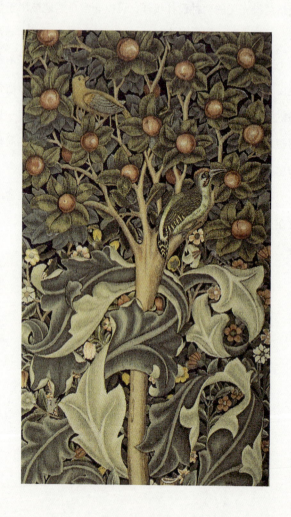

莫里斯纹样

谎言的衰落：一份观察报告

[导言]本文选自王尔德的《意图集》(*Intentions*，1891)。文章采用拟戏剧的形式，通过两个虚构人物的对话来呈现作者本人对艺术的理解。第一主人公维维安（Vivian）在对话中负责阐释作者的艺术观点，另一个角色西里尔（Siril）则一边听，一边质疑和反问，通过一问一答的形式，作家本人的美学观点得到了多维度的呈现。此外本文还采用了"文中文"的形式，以维维安为西里尔朗诵"自己的"一篇名为《谎言的衰落：一份观察报告》的文章开始，进而引发对文中所涉各种话题的讨论。维维安的"文中文"与二人关于这篇"文中文"的讨论、辩驳共同构成这篇对话体长文。文章鲜明体现出王尔德与现实主义文艺观的针锋相对，及对"虚构""想象""创造"的重视。用王尔德自己的话说，艺术不模仿自然，艺术也不模仿生活，而是自然和生活在模仿艺术。

本文的核心概念"Lying"在日常语义中本义为谎言、说谎，而谈及艺术创作时，它指的是与写实相对立的虚构和与模仿相对立的创造。译文主要用"谎言""说谎"对译"Lying",为保持语言流畅,也偶尔用几次"虚构"。在现实生活中,维维安和西里尔是王尔德两个孩子的名字,均为和康斯坦斯·玛丽(Constance Mary)所生。长子西里尔生于1885年,次子维维安生于1886年。

一次对话

人物:西里尔,维维安

场景:英国一座乡村住宅的图书馆

西里尔:(从阳台打开的窗户外凑过来)亲爱的维维安,别躲在图书馆里虚掷光阴了,这是一个多么美妙的午后啊,林间薄雾缭绕,仿佛李子树开出了紫色的花朵,让我们去草地上尽情地扯谎吧,吸一支烟,享受大自然。

维维安:享受大自然?我乐于跟你讲,我已经完全丧失这项能力啦,人们说,较之接触艺术之前,接触艺术后会更热爱大自然,人们说,自然袒露了它的奥秘给我们;人们说,通过对柯罗[1]和康斯太勃尔[2]风景画的细致考察,我们能观察到原本

---

[1] 柯罗(Jean-Baptiste Camille Corot,1796—1875),法国巴比松派风景画家。
[2] 康斯太勃尔(John Constable,1776—1837),英国风景画家。

看不到的东西。我的体验却是，钻研艺术越多，关注自然就越少。艺术真正教会我们的是，大自然其实缺乏设计感，非常诡异和粗糙，又极其单调无趣，大自然是彻头彻尾的未完成品。大自然的终极目的是美好的，但正如亚里士多德所说，它没法将其实现。当我观赏风景的时候，我会不由自主地注意到风景的缺陷。自然并不完美，这对我们而言反而是一种幸运，否则艺术也就无从诞生了。艺术是我们对自然的精神抗争，是我们勇敢的"笔补造化"的尝试。对于变幻多端的大自然来说，艺术是一个纯粹的奥秘，我们不能在自然本身中寻找艺术，艺术栖居在人们的想象里、幻觉里，栖居在饱学之士的对自然的无视里。

西里尔：你不需要观赏自然风景啊，只要躺在草地上抽烟聊天就可以了。

维维安：可大自然是那么地让人不自在，草又硬、又蠢、又湿，爬满了讨厌的黑虫子。我为什么说大自然让人不自在？因为和大自然比较起来，即使是莫里斯厂子里最廉价的工人都能造一个更舒适的座位来。正如你喜爱的诗人曾恶毒地描述的那样，与伦敦牛津街上那些家具比较起来，大自然会黯然失色。我不会为此抱怨。如果大自然舒服极了，人类也就不会发明建筑了，比起在露天场所的话，我还是更喜欢在房

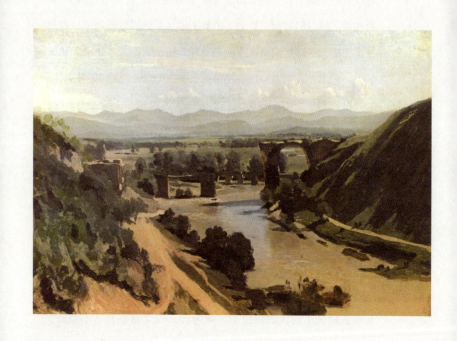

《纳尔尼桥》,柯罗,1826 年

《干草车》，康斯太勃尔，1821 年

子里。在一座房子里，我感觉各种比例都搭配得很恰当。一切皆为我所用，皆为我所乐。对个体的尊严感来说，自我主义十分必要，而自我主义完全是室内生活的产物。常在户外生活的人则显得抽象，而且毫无自我之感，人的个性也不复存在。大自然真是让人冷漠和讨厌啊。每每漫步于公园，我便觉得，对大自然来说，我不比在山坡上觅食的牛或在沟里开花的牛蒡更显得重要些许。没什么比大自然更憎恨人类心智的了。理性思考是世上最不健康的事情，人们死于思考就像死于其他疾病。幸运的是，不管怎么说，"理性思考"在英国都不那么流行。作为一个民族，我们健硕的体魄完全缘于我们民族的愚蠢（思考之欠缺）。我只希望在未来的时日里，我们能保持使我们幸福的这一伟大的历史遗产；但我担心我们已经开始过度教育和过度思考了；每个还不知道怎么学的人都已经开始教了，这正是我们教育热情的产物。这个时候，人最好还是回到那令人厌烦、令人不适的大自然里去，请允许我更正一下论据。

西里尔：还是写篇文章吧！你刚才说的话前后不太一致。

维维安：谁想保持一致啊！只有那些枯燥的人、教条的人，那些把原则贯彻到行动的一点一滴的乏味之人，那些实践中履行归谬法的人，他们才保持逻辑一致呢。绝不是我。像爱默生一样，我也会在图书馆的门上刻下"异想天开"四个大字。另外，我所言之事确实是一个非常有益处且有价值的告诫。如果得到重视，也许会有新的文艺复兴诞生。

西里尔： 新的文艺复兴的主题是什么？

维维安： 我打算称之为"谎言的衰落：一份抗议书"。

西里尔： 谎言！我一直以为，我们的政客们保持了这种习惯。

维维安： 我向你保证，政客们可绝对做不到这一点。他们从没超出过一般谎言的水准，也总是在降低身段以便证明、讨论、推理。真正的谎言家总是坦率无畏，免责技巧高超，本能地蔑视任何一种证词，政客与真正的谎言家比起来简直天差地别呀！毕竟，什么是顶级谎言？除其本身之外别无证据。如果一个人缺乏想象力，总拿证据来支持谎言，那么您还不如马上实话实说呢。政客们才不会这么干，律师们的表达方式却比较符合谎言的标准，这很值得鼓励。智慧的斗篷已经披在了律师的身上，他们虚假的热情和虚浮的言辞真是妙趣横生。他们会让事情在实际很糟的情况下表面上看起来却很好,就好像他们刚从利昂廷[1]学艺归来一样,我们都知道,在陪审团那里,律师会尽其所能为当事人争取胜利,争取无罪判决,即使非常明显,那些当事人本就是有罪的。但是,律师们还会受老百姓的雇用,也并不羞于诉诸先例来佐证。其实不管他们怎么努力,真相最终都会揭晓。甚至我们现在的报纸也已经堕落了。报纸现在可是绝对真实、绝对可信的。当翻阅报纸不同版面的时候,你会发现报纸里面总是出现真实到不忍卒读的部分。恐怕对律师和记者,我都无话可说了。这么说吧,我所倡导的,乃是在艺术创作领域撒谎。我给你读我写的东西吧,好吗?它可能对你大有裨益。

西里尔:当然好,如果你给递根儿烟的话。谢谢。顺便问一下,你打算发在什么杂志上?

维维安:《回顾》(*Retrospective Review*)。我想我跟你说过吧,这份杂志被精英们重新运作起来了。

西里尔:你所说的精英是指谁?

---

[1] 利昂廷(Leotine),一个西西里地区古老的修辞学派。

维维安：哦，当然是那些倦怠的享乐主义者。这是我所属的组织团体。我们内部聚会见面时，会在衣服扣子上别一朵褪色的玫瑰，并表达对图密善[1]的崇拜。恐怕你还不够格加入。你太喜欢简单的享乐了。

西里尔：我想，我会因我简单的动物享乐本能而被拒之门外？

维维安：也许吧。再说，你年龄有点大。我们不招收这样年龄段的人。

西里尔：好吧，我想，我们都会觉得对方无聊。

维维安：是的。这是俱乐部的目标之一，现在，如果你保证不打断我的话，我会给你读我的文章。

西里尔：请你放心，我绝不打断，洗耳恭听。

---

[1] 图密善（Domitian，51—96），罗马帝国第11位皇帝，为政严苛暴力，热爱艺术，兴建过很多城市娱乐设施。

维维安(用一种非常清晰的,音律铿锵的语调):《谎言的衰落:一份抗议书》,在我们这个时代,大多数文学作品都寡淡而无味,其中的主要原因无疑是——谎言作为一种艺术、一门学问以及一种社会趣味的衰落。古代史研究者们,以实事求是的方式,给我们呈现了很多愉悦的叙事作品;而现代小说家们,却以虚构创造的名义,罗列着枯燥无味的事实。蓝皮书[1]正迅速成为这类艺术形式和方法的典范。现代小说家有他乏味的人类记录法[2],自己仿佛在不断地用显微镜凝视着"艺术创造发生地"(coin de la création)。在国家图书馆或大英博物馆都能找到这类人,他们不知羞耻地读着这样的书。这样的人甚至连面对他人观念的勇气都没有,他们坚持一切都要直接取材于现实生活,最终,在百科全书和个人现实经验之间,他犹犹豫豫,来到了现实人间,从家庭圈子或者每周都会看到的洗衣妇女那里提取了他的艺术范型,并从中获得了大量可用的信息,这样的人,即使在他思想最旺盛的时刻,又能彻底地从这些事实性信息中解放自己吗?

在我们这个时代,这种错误的艺术理想给文学带来的损害

---

[1] 蓝皮书(The Blue Book),英国议会出版物,因封皮蓝色而得名,书中通常是政治、外交等主题。
[2] 人类记录法(Document humain),是当时法国自然主义文学的一种主张,认为小说应该对人类生活进行精准清晰的记录,此处王尔德原文为法文。

不可低估。人们随随便便地议论天才的说谎者，像谈论天才诗人一样，但在这两种情形下，他们都错了。正如柏拉图所言，谎言和诗歌都是艺术，它们也并非毫无关联——二者都需要最精妙的研究和最无私的奉献。毫无疑问，它们有很高的技术含量，正如绘画艺术和雕塑艺术那样，有着形式和色彩的微妙奥秘，有工艺上的神巧奥妙，有精益求精的艺术手法。如同人们会通过优美的韵律来了解诗人，人们也可以通过富于节奏的话语来重新认识说谎者，在这两种情况下，一时出现的灵感都不够维持其妙处。和其他领域一样，在这里，也是千锤百炼后方有炉火纯青。但在当代，写诗之风变得太普遍了，如果可能，应对此加以劝阻，而说谎的风尚几乎已声名狼藉。许多年轻人在出生后本具有夸夸其谈的天赋，如果在适宜的、富有同理心的环境中加以培养，或对最好的说谎对象进行模仿，这些天资本可能成长为真正伟大而美妙的所在。但是，通常他们会一事无成，或者轻易地养成了事事务求精确的习惯。

西里尔：哎呀！老兄，说得妙啊！

维维安：在我朗读的过程中，请别插话——这类艺术家或者轻易地养成了事事务求精确的习惯，或者经常光顾老年人和博学之士的社交圈，这两样对他的想象力来说同样致命，而且毫无

莫里斯纹样

疑问，这两样人对所有人的想象力都是很致命的。此外，在短时间内，这类艺术家养成了一种病态的、不健康的说真话的能力，他开始核实自己的一切表达，毫不犹豫地反驳着比他年轻得多的人，因为那些年轻人常用一些栩栩如生的、罕有人相信的虚构言辞来结束谈话。上面所言并非孤例，只是众多案例中的一个：如果不能做些什么来纠察或订正我们对事实的狂热崇拜，艺术就会变得贫瘠不堪，美也会从这片土地上消逝。

即使是罗伯特·路易斯·史蒂文森[1]先生，这位文笔精湛而富于想象力的散文大师，也沾染上了这种现代恶习，我暂时还想不到其他名字来称呼这种恶习。这种创作法，它主张从现实中取材，以便让作品显得真实可靠。史蒂文森的《黑箭》艺术价值乏善可陈，以至于挑不出任何历史错误来自夸，而杰基尔博士（Dr. Jekyll）[2]的转变这样的情节，读起来就像《柳叶刀》[3]中的一个实验一样危险而无聊。至于莱德·哈格德[4]先生，他真的有一种，或者说曾经有那么一种，完美无瑕的说谎

---

[1] 罗伯特·路易斯·史蒂文森（Robert Louis Stevenson，1850—1894），英国著名小说家，代表作有《金银岛》《化身博士》等。
[2] 杰基尔博士，史蒂文森小说《化身博士》（*Strange Case of Dr Jekyll and Mr Hyde*）中的主人公。
[3] 《柳叶刀》（*The Lancet*），英国顶尖医学杂志。
[4] 莱德·哈格德（Rider Haggard，1856—1925），英国著名探险寻宝类小说家。

者气魄，但现在，当他给我们讲述奇妙故事的时候，他"唯恐"被人视为天才，所以，他觉得有义务列出一些私人真实回忆，并把它们作为一种懦弱的佐证，放到脚注里。其他小说家也不怎么样。亨利·詹姆斯[1]先生写小说时如赴苦役一般，把时间浪费在低劣的人物动机、不易察觉的"思想见解"上，浪费在他雅洁的文风、恰当的措辞、犀利刻薄的讽刺上。霍尔·凯恩[2]先生，说实在的，他的目标是鸿篇巨制，但随后，他开始高门大嗓地写作，他声音太大，以至于听不见他本来要说的话了。詹姆斯·佩恩[3]先生擅长文本躲猫猫游戏，把本不值得被发现的东西都藏起来。他像目光短浅的侦探那般，总是兴致勃勃，追查那些显而易见的东西。当你翻他的书时，作者的悬念设置实在让人难以忍受。威廉·布莱克的马也没有向太阳飞去，它们只是在晚上把天空吓了一跳，弄出了强烈的石版套色印刷效果。看到它们走近，农民们就躲进方言俗语的避难所里。奥列芬特夫人[4]津津有味地谈论策展人、议会、家庭生活和其他令人厌烦的事情。马里恩·克劳福德[5]先生在当地的祭坛

---

[1] 亨利·詹姆斯（Henry James，1843—1916），英国著名小说家。
[2] 霍尔·凯恩（Hall Caine，1853—1931），英国小说家。
[3] 詹姆斯·佩恩（James Payn，1830—1898），英国小说家。
[4] 奥列芬特夫人（Madam Oliphant，1828—1897），苏格兰籍历史小说家。
[5] 弗兰西斯·马里恩·克劳福德（Francis Marion Crawford，1854—1909），美国小说家。

上自焚。他就像法国喜剧中的那位女士，一直在谈论"le beau ciel d'italie"（意大利天空之美），此外，他还养成了道学家式的陈词滥调的坏习惯。他总是告诉我们，好就是好，坏就是坏。有时他几乎是在训诫读者。《罗伯特·埃尔斯梅尔》[1]当然是一部杰作——一部英国人似乎非常喜欢的乏味杰作。一位善于思考的年轻朋友曾经告诉我们，这本书常让他想起一个新教家庭喝茶吃点心时总会出现的那类谈话，这说法靠谱。事实上，只有在英国才能出版这样一本书。英国是所有迷途的思想的家园。对于这个伟大光辉的、日新月异的小说流派，太阳总是不变地从东方升起，他们唯一可以说的是，他们发现生活是简陋粗鄙的，然后在作品中让这简陋粗鄙如其所是。

在法国，虽然没有像《罗伯特·埃尔斯梅尔》那样故意为之的乏味作品，但情况也没好多少。莫泊桑以其敏锐尖刻的讽刺性和硬朗生动的文风，剥去了身上仅存的几块可怜的遮羞布，向我们展示了作品那肮脏发炎的伤口。他写了一些骇人听闻的小悲剧，每个却都让人偷偷想笑；写了一些苦涩的喜剧，读者却并不能因之含泪微笑。左拉忠实于他在一本文学理论书

---

[1]《罗伯特·埃尔斯梅尔》(*Robert Elsmere*)，英国作家汉弗莱·沃德夫人(Mrs. Humphry Ward, 1851—1920)的作品。汉弗莱·沃德夫人是英国严肃小说家，活跃于19世纪末期。

籍中提出的崇高艺术法则,他决心证明,如果他天资不足,他至少可以笨鸟先飞。恭喜他成功啦!他不是能力不足,事实上,有些时候,就像《萌芽》这样的作品,几乎有史诗般的内蕴,但他的作品从头到尾都是完全错误的,错不在道德,而在艺术。从任何伦理角度看,左拉达到了他应达到的目标。作者完全遵循真实,描述的事情正是他的亲身经历。道学家还能有什么愿望呢?左拉先生对我们这个时代的道德愤慨,我一点也没有共鸣。他的愤慨仅仅是达尔杜弗[1]被曝光后的那类愤慨。但从艺术的角度看,作为《小酒店》《娜娜》和《家常琐事》的作者,左拉呈现给我们什么艺术价值了呢?没什么。罗斯金曾经把乔治·艾略特小说中的人物形容为一辆本顿维尔公共马车上的垃圾,但左拉的人物只会更糟。他们有沉闷的恶习、可怕的德行。记录他们的生活毫无意义。谁在乎他们怎么活着?在文学中,我们需要见识、魅力、美感和想象,我们并不想被作品中描摹的社会底层的所作所为刺痛和恶心到。都德更好一些。他机智、轻巧、风趣。但他最近可谓"艺术自杀"了。没人会关心德洛贝尔[2]的"为艺术而奋斗"这样的口号,或

---

[1] 达尔杜弗,莫里哀戏剧作品《伪君子》中的人物,后来成为伪君子的象征,在戏剧情节中,他装成道德君子、宗教圣徒的样子,实际上却是个贪利好色之徒。
[2] 德洛贝尔(Delobelle),都德小说中的人物。

莫里斯纹样

是瓦尔马约[1]关于夜莺的诗句，或是《雅克》[2]中的诗人和残忍的词句，现在我们已经从《文学生涯二十年》[3]那里了解到，这些人物都是直接从生活中取材的。对我们来说，他们似乎突然失去了所有的活力，失去了曾经拥有的珍贵特质。真正的人，是那些从未存在过的人，如果一个小说家有足够的底气为他的人物去生活，他至少应该假装这些人物是创造物，而不要吹嘘他们是复制品。小说中人物的正当性不在于他是何许人也，而在于作者是何许人也。否则，这部小说就不是艺术品了。至于《小说心理学》（*Roman Psychologique*）的作者保罗·布尔热[4]先生，他犯了一个错误，他认为现代生活中的男人和女人能够被不断地分析，分析成无数个章节。事实上，在良性社会里，人们最感兴趣的（布尔热先生除了来过伦敦以外，很少离开圣日耳曼郊区）是他们每个人戴的面具，而不是面具背后的现实。说起来这不太光彩，但我们都是用同样的东西如法炮制出来的。在福斯塔夫身上有哈姆雷特的影子，在哈姆雷特身上，福斯塔夫的影子也不是一点半点。胖骑士的情绪很忧郁，年轻王子的幽默挺粗野。我们彼此的不同之处纯粹出于偶然：衣着、举止、

---

[1] 瓦尔马约（Valmajour），都德小说中的人物。
[2] 《雅克》（*Jack*），都德小说作品。
[3] 《文学生涯二十年》（*Vingt Ans de ma Vie litteraire*），都德作品。
[4] 保罗·布尔热（Paul Bourget，1852—1935），法国小说家、文学批评家。

语调、宗教观点、个人外貌、习惯的把戏等。对人进行的分析越多,分析的理由也就越付之阙如。迟早有人会想到那可怕的普遍存在:人性。事实上,任何一个曾在穷人间工作过的朋友,都非常清楚人与人之间的兄弟情谊并不只是诗人的梦想,它的缺失是一个最沮丧、最屈辱的现实。如果一个作家坚持要分析上层阶级,他不如立刻写一篇卖火柴的小女孩和卖杂货的小商贩的文章。然而,亲爱的西里尔,我不会强迫你听我的文章的。我承认,现代小说也有许多优点。但我所持守的观点是,作为一个文学群体,他们是相当令人不忍卒读的。

西里尔:这当然是个很严肃的论断,但我必须说,我认为,你观点中的某些限定条件不公平。我喜欢《法官》[1]《赫斯之女》[2]《门徒》[3]《伊萨克斯》[4],至于《罗伯特·埃尔斯梅尔》,我很痴迷于这本书。但我并不觉得它是一本足够严肃的作品。作为对虔诚的基督徒面临的问题进行的记述,它是荒谬的、过时的。这只是另一个版本的马修·阿诺德[5]的《文学与教条》

---

[1]《法官》(*The Deemster*),前文提到的英国作家霍尔·凯恩的小说。
[2]《赫斯之女》(*A Daughter of Heth*),威廉·布莱克的小说。
[3]《门徒》(*Le Disciple*),保罗·布尔热的小说。
[4]《伊萨克斯》(*Mr. Isaacs*),弗兰西斯·马里恩·克劳福德的小说。
[5] 马修·阿诺德(Matthew Arnold,1822—1888),诗人,英国最重要的文学批评家之一。《文学与教条》是其文学批评代表作。

(*Literature and Dogma*),不过没了文学,只剩下教条。它和帕利[1]的《证据》(*Evidence*),或科尔恩索[2]的圣经训诂方法一样,都是落后于时代的。这位不幸的英雄正庄严地宣告着一个早已降临的黎明,但完全没有领悟其真义,以至于他提议套上新名字继续经营这家老公司。另一方面,它包含了一些精妙的讽刺画,一堆令人愉快的引文,格林[3]的快乐哲学则让作者那如药丸般苦涩的小说也有了甜味。你没有提到你一直在读的两位小说家呀,巴尔扎克和乔治·梅瑞狄斯[4],我为此感到惊讶,他俩肯定都是现实主义作家,不是吗?

维维安:啊!梅瑞狄斯!谁能给他下个定义?他的风格如同闪电照亮混沌。作为一个语言艺术家,他掌握了一切,除了语言不过关;作为一个讲故事的人,他可以做到一切,除了故事讲不好;作为一个艺术家,他无所不能,除了口才不合格。他像莎士比亚笔下的某个人——我想,是试金石[5]——

---

[1] 威廉·帕利(William Paley,1743—1805),英国教士、神学家。
[2] 约翰·威廉·科尔恩索(John William Colenso,1814—1883),英国著名神学家、圣经学学者。
[3] 格林(Thomas Hill Green,1836—1882),英国唯心论哲学代表人物。
[4] 乔治·梅瑞狄斯(George Meredith,1828—1909),英国维多利亚时期小说家,曾七次被提名诺贝尔文学奖。
[5] 试金石(Touchstone),莎士比亚《皆大欢喜》中的人物。

一个总是为自己的才智过度而伤脑筋的人,在我看来,这可能是批评梅瑞狄斯手法的依据。但不管怎么定义他,他都不是一个现实主义者。或者我更愿意说,他是现实主义之子,但已与他的父亲老死不相往来了。经过深思熟虑,他已经使自己成为一个浪漫主义者。他拒绝向巴力神[1]屈膝,毕竟,即使梅瑞狄斯的高贵精神没有反抗现实主义的喧嚣主张,梅瑞狄斯的风格本身,也足以和现实生活保持一种可观的距离。他在花园四周布置了篱笆,篱笆上长满了荆棘,还种了红玫瑰。至于巴尔扎克,他是艺术气质和科学精神的完美结合。后者是他留给其门徒的,前者则完全是他自己的。左拉的《小酒店》和巴尔扎克的《幻灭》之间的区别,是缺乏想象力的现实主义和充满想象力的现实主义之间的区别。波德莱尔曾说:"生活热情让巴尔扎克本人充满了活力,也让他塑造的人物同样充满了活力。"他所有的小说都像梦一样浓墨重彩。每个人物的思想都是意志昂扬地装在枪口上的弹药。在巴尔扎克的书中,即便凡夫俗子也成了天才人物。巴尔扎克的手法十分稳健,在作品中将真实存在的朋友缩减为虚构的幻影,我们的熟人则变成了幻影的幻影。他的角色是一种炽热的所在。人物角色控制着我们,并

---

[1] 巴力神(Baal),各种早期神祇的常用名。在古波斯、叙利亚、迦南文化中都有出现。

拒绝着我们的怀疑。我一生中读到的最大的悲剧之一就是吕西安[1]的死。这是一种我永远没法摆脱的悲伤,在我欣喜时,它也萦绕我心。在我欢笑时,它也挥之不去。但巴尔扎克并不比霍尔拜因[2]更真实。巴尔扎克创造了生命,而没有照搬生命。然而,我承认,他对形式的现代性的评价太高了,因此,他的作品中没有能和《萨朗波》[3]《亨利·埃斯蒙德》[4]《回廊和壁炉》[5]《布拉热洛纳子爵》[6]媲美的艺术杰作。

西里尔:那么,你反对形式的现代性吗?

维维安:反对。追求形式的现代性,就会为浅薄的成果付出惨重的代价。纯粹的形式现代性总是俗不可耐的。它必然会如此。公众觉得,因为他们自己对周围的万事万物充满了兴致,所以,艺术家也该对这万事万物兴致勃勃,并把它们当作艺术表现

---

[1] 吕西安,巴尔扎克《幻灭》中的人物形象。
[2] 霍尔拜因(Hans Holbein,1497—1543),常被称为小霍尔拜因,德国北方文艺复兴时期画家。
[3] 《萨朗波》(Salammbô),福楼拜作品。
[4] 《亨利·埃斯蒙德》(The History of Henry Esmond),英国19世纪小说家萨克雷(W.M.Thackeray)作品。
[5] 《回廊和壁炉》(The Cloister and the Hearth),英国作家查尔斯·里德(Charles Reade,1814—1884)的小说。
[6] 《布拉热洛纳子爵》(Le Vicomte de Bragelonne),大仲马作品。

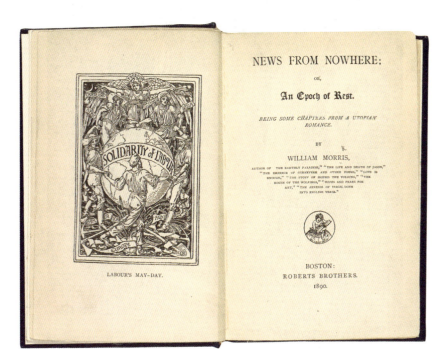

《乌有乡消息》书影,威廉·莫里斯著,伦敦,1890年

《使节》，小霍尔拜因，1533 年

的主题。但公众对周遭事物的兴趣总是过于浓厚,仅凭这一点,就使得这些事物不适合做艺术的题材。有人曾说,唯一美妙之物是那些与我无关之物。一件事只要对我们是有用的或必要的,能以任何方式影响着我们,无论它让我欢喜还是让我忧,无论它是能激发我们的强烈共情,还是成为我们生活环境的重要组成部分,这件事都已经处在艺术的领地之外了。对于艺术题材,我们或多或少该中立一些、冷静一些。不管怎么说,我们不该有偏好,不该有偏见,不该有任何党派私心。正是因为赫库芭[1]对我们来说没那么重要,她的悲伤才是悲剧中令人迷恋的戏剧动机。放眼整个文学史,我所知的最悲哀的事情,莫过于查尔斯·里德的艺术生涯了。他曾写了一本妙书《回廊和壁炉》,一本比《罗莫拉》[2]高明得多的书,一本比《丹尼尔·德隆达》[3]优秀得多的书,但他荒废余生,犯蠢犯错,试图成为现代人,以唤起公众对囚犯监狱境况的关注,对独立疯人院管理的关注。当查尔斯·狄更斯试图唤起我们对受政府迫害的穷苦大众的同情时,在艺术良知的所有层面,他都让人感到沮丧;还有,查尔斯·里德,他本是一位艺术家、学者,一个真正有审美品位的人,当他像一个普通

---

[1] 赫库芭(Hecuba),特洛伊王后,因战争之灾,失去了很多子女亲人。
[2] 《罗莫拉》(*Romola*),英国作家乔治·艾略特的小说。
[3] 《丹尼尔·德隆达》(*Daniel Deronda*),英国作家乔治·艾略特的小说。

的宣传册写手那样，或者像制造轰动新闻的记者一样，对当代生活中的种种弊端怒不可遏时，天使也要为他垂泪啦。相信我吧，亲爱的西里尔，形式的现代性和题材的现代性是完全错误的。我们误把这个时代的普通服饰当成了缪斯女神的圣衣，当我们本该和阿波罗一起在山坡上时，我们会在罪恶都市的肮脏街道和丑陋郊区熬过我们的日子。当然，我们是堕落的人类种群，为了一堆乱七八糟的事，出卖了与生俱来的权利。

西里尔：你所说的东西有点道理，毫无疑问，不管我们读一本现代小说时能得到什么乐子，我们很少在重读时有任何艺术乐趣。这也许是对文学该是什么不该是什么的粗略检验法。如果一个人不能一次次重读同一本书，那干脆就别读这本书了。不过，你怎么看待"回归生活和自然"呢？这可一直被当作灵丹妙药推荐给每个人。

维维安：我会把我在这个问题上的看法读给你听。这篇文章后面写到了，不过，我还是现在就读给你吧：我们这个时代的时髦口号是"让人们回归生活和自然；它们将为人们再造艺术，让红色的血液再次流淌过艺术的血管；以迅捷的速度为艺术之足穿上鞋子，让艺术的手变得强壮有力"。但是，唉！我们友善诚恳的努力可搞错了。自然总是落后于时代的。至于生活，生活是破坏艺术的好法子，是在艺术场域留下废料的艺术的敌人。

西里尔：你说"自然总落后于时代"是什么意思？

维维安：好吧，也许听起来有点神叨。我想说的是——如果我们把自然看作天生的单纯的本能，而不是富有自我意识的文化，那么，在自然影响下诞生的作品就总是过时的、老派的和落伍的。与大自然的一次亲密接触让人与整个世界紧密相连，但与大自然的二次接触则会摧毁任何艺术作品。另一方面，如果我们把自然看作外在于人类的现象的集合，人类就只会在自然身上发现自己赋予大自然的特性。自然没有自己的秉性。华兹华斯去过湖边，但他从来不是一个湖畔诗人。华兹华斯在石头里发现的，是他本人赋予石头的布道词。在那里，华兹华斯变得更富道德感，但当他返回时，他的好作品才应运而生，不是因为自然，而是因为诗性本身。诗性给了华兹华斯《拉赫达米亚》（*Laodamia*），赐予他优美的十四行诗和伟大的颂歌，让它们恰得其所。大自然只给了他《玛莎·雷》（*Martha Ray*）和《彼得·贝尔》（*Peter Bell*），还有关于威尔金森（Wilkinson）先生铁锹的作品[1]。

---

[1] 以上几首诗都是华兹华斯的作品。

西里尔：我认为这种观点有点可疑。我更倾向于相信"来自春日森林里的灵感、冲动",当然,这种冲动的艺术价值完全取决于接纳它的人的人格气质,这样一来,回归自然就意味着向伟大人格的前进。我想你会同意的。不过,继续念你的文章吧。

维维安（朗读）：艺术始于抽象的装饰,始于纯粹的想象性、娱乐性的工作,它和虚幻的、不存在的事物密切相关。这是第一阶段。而在第二阶段,生活开始着迷于这崭新的奇迹,并要求自己进入令人着魔的艺术场域。艺术把生活当作自己粗糙素材的一部分,重新创造它,以新的形式重塑它,对事实则完全漠不关心;艺术在创造、在想象、在做梦,它和现实保持着不可逾越的鸿沟,这鸿沟就是美妙的风格、装饰性的或理想化的表现手法。到了第三阶段,生活就占了上风,把艺术推向荒漠。这才是艺术真正的颓败,也是我们的时代正在经受的。

以英国戏剧为例。起初,在教徒那里,戏剧艺术是抽象化的、装饰性的、神话般的。然后,戏剧艺术用生命的一些外在形式,创造了一种全新的人类生命,他们的悲伤比任何人所感受到的悲伤都更悲伤,他们的快乐比情人带来的快乐还更强烈,他们拥有泰坦的愤怒和神灵的平静,他们有着可怕和奇妙的罪恶、不可思议的美德。戏剧艺术似乎对他们使用着一种与日常话语不同的语言,一种韵律让人共鸣、节奏也十分甜美的语言，或者用庄严的韵律隆重地表达出来，或者用奇幻的韵律细腻地表达出来，或用美妙的语言来装饰它，或用崇高的语言来充实它。戏剧艺术给孩子们穿上了奇装异服，戴上了面具，它一声令下后，古色古香的世界从大理石墓穴中冉冉升起。在崛起的罗马街道上，一个新的恺撒昂首阔步地前行；伴随笛声，一个新的克里奥佩特拉[1]扬起紫色的风帆，船夫挥桨，沿河来到安提阿[2]。古老的神话、传说和梦想由此形成。历史被完全改写。艺术的对象不是简单的事实，而是复杂的美感，几乎没有一个艺术家会不承认这一点。在这方面，艺术家当然是完全正确的。艺术本身的确是一种夸张的形式；而富含真正艺术之灵的精品，不过是对艺术之灵进行的反复强调。

但是，现实生活很快就破坏了艺术形式上的完美。即便在莎士比亚身上，我们也能看到这种后果已然开始。这表现在莎士比亚后期的戏剧中，无韵诗逐渐消失，散文占据了上风，人物性格的塑造被赋予了过度的重要性。莎士比亚作品中的段落——有数量不少的段落——语言都粗鄙、庸俗、夸张、荒诞，甚至淫秽——完全是因为生活本身呼唤着它在艺术中的回响，却拒

---

〔1〕 克里奥佩特拉（Cleopatra），古埃及托勒密王朝末代女王，即"埃及艳后"。
〔2〕 安提阿（Antioch），一座坐落于土耳其南部的古老城市，曾经是繁华的商业中心。

绝了美妙风格的介入，然而，只有有了美妙风格，生活本身才能找到更好的表现方式。莎士比亚绝不是完美无缺的艺术家。他太喜欢直接进入生活了，太喜欢借用生活中的自然语言了。他忘了，当艺术放弃了它想象性的表现媒介时，艺术就放弃了一切，歌德在某处写过"只有给作品一定限制，艺术大师才会出现"，而这一限制，这种任何艺术的构成条件，就是风格。不过，我们不必因莎士比亚的现实主义而丧气，《暴风雨》是反现实主义的最完美的剧本。伊丽莎白时代和詹姆斯一世时代的艺术家们的一切壮丽作品，本身就蕴含着自我解构的种子，如果把生活当作艺术素材，你就能从中汲取一些力量，但是，把生活当作艺术手法，则只会产生艺术的缺陷。模仿取代创造，抛弃了想象性的艺术形式，正由于此，我们才有了现代英国情节剧。这些剧中，人物在舞台上的对话与他们在舞台下的言谈一模一样。他们既胸无大志，也难喘大气；他们直接从生活中取材，把粗俗的生活复现到最小的细节上；他们展现了真人的步态、举止、服装和口音；这些人太真实了，真实到从火车三等车厢走一圈都不会引起别人的特别注意。然而，这些戏剧是多么令人厌烦啊！甚至没有成功地把他们所追求的现实感制造出来，这"现实感"也是此类戏剧存在的唯一理由。作为一种方法，现实主义是彻头彻尾的失败。

这些关于戏剧和小说的真理，同样适用于那些被称为装饰艺术的艺术类别。在欧洲，这些艺术的全部历史，就是与东方主义的斗争史，东方主义坦率地拒绝模仿，喜爱艺术自身的惯例，不热衷于真实地再现任何自然界中的任何事物，这些特性与我们自己的模仿精神在不停地发生着冲突。无论是在拜占庭、西西里岛、西班牙，还是在欧洲的其他地方，受十字军东征的影响，我们都曾有过美丽而富有想象力的作品，在这些作品中，实存的世界转化为艺术惯例，而虚拟的世界也被愉快地创造出来。但是，当我们回到生活和自然之中的时候，我们的作品就总是庸俗的、平凡的、乏味的。现代挂毯有不错的空中观赏效果，它视角精巧，有艺术空间意义上的多余留白，体现了忠实勤恳的现实主义，却无任何美感可言。德国的图画玻璃异常令人讨厌。在英国，我们的编织地毯开始被大众接受，这仅仅是因为我们回归了东方的艺术方法和艺术精神。二十年前，我们的地毯过于真实，严肃正经，令人厌恶，那对自然的空洞崇拜，对现实的忠实复制，甚至对市侩来说，都已经成为笑料了。一位有教养的伊斯兰教信徒曾经对我们说过："你们基督徒如此专注于曲解第四戒，以至于你们从来没有想过要把第二戒艺术化。"[1]他说得很有道理，而问题的全部真相是：不要在生活中学艺术，最好的艺术学校就是艺术本身。

---

[1]《圣经》中十戒的第二戒为"不可雕刻偶像，更不可朝拜他们"，第四戒为"应当守安息日为圣日，那一天不可做工"。

现在让我给你再念一段,我觉得,下面这段话能很好地解决这个问题——

也并非总是如此。我们不必谈论诗人,因为除了华兹华斯先生外,其他诗人都忠实于他们的崇高使命,众所周知,他们是不可靠的家伙。但是,在希罗多德的作品中,尽管现代的研究者们试图证实他的史实性,希罗多德还是被称为"谎言之父"。在西塞罗发表的演讲里;在苏伊托尼乌斯[1]的传记里;在塔西佗最好的文章里;在汉诺[2]的《汉诺游记》里;在老普林尼的《博物志》里;在所有早期的编年史中;在圣徒传里;在弗华萨[3]和托马斯·马洛礼[4]爵士的作品里;在马可·波罗游记里;在奥劳斯·马格努斯[5]、阿尔德罗万德斯[6]和康拉德·利科斯提尼[7]的作品里;在本维努托·切利尼[8]的自传里;在卡萨努瓦[9]的回忆录

---

[1] 苏伊托尼乌斯(Suetonius),古罗马史学家。
[2] 汉诺(Hanno),公元前6世纪迦太基航海家。
[3] 弗华萨(Froissart,1337—1410),14世纪法国历史学家。
[4] 托马斯·马洛礼(Thomas Malory),15世纪英国作家。
[5] 奥劳斯·马格努斯(Olaus Magnus,1490—1558),瑞典历史学家。
[6] 阿尔德罗万德斯(Aldrovandus,1522—1605),意大利植物学家。
[7] 康拉德·利科斯提尼(Conrad Lycosthenes,1518—1561),阿尔萨斯的人文主义者和百科全书学家。
[8] 本维努托·切利尼(Benvenuto Cellini),意大利文艺复兴时期著名金匠、雕塑家,著有一本著名的自传,中文版见《致命的百合花》,[意]切利尼著,平野译,上海人民出版社,2008年。
[9] 卡萨努瓦(Casanova),18世纪意大利作家、冒险家。

盐罐，黄金制品，本维努托·切利尼，1540—1542年

里；在笛福的《瘟疫纪事》里；在博斯韦尔[1]的《约翰逊传》里，在拿破仑的战场快报里；在英国的卡莱尔的作品里（他的《法国大革命》真是有史以来最引人入胜的历史小说之一）。在这些伟大的作品里，事实要么被保持在了适当的从属地位，要么因为它呆滞无趣的品性，而被完全排除在外了。可是现在，一切都变了。"事实"不仅在历史领域找到了立足点，而且正在侵占幻想的领域，侵入浪漫的王国。它们毛骨悚然地触碰一切、压倒一切。它们让人类变得庸俗化。美国人粗俗的商业主义，那种彻底的物质主义精神，那对事物诗性的漠不关心，想象力的缺乏和崇高理想的缺乏，完全都是由于这个国家把一个自认为不会说谎的人当作了本国的民族英雄，可以说，乔治·华盛顿和樱桃树的故事，比整个文学史中任何一个道德伦理故事造成的杀伤力都更大，而且在很短的时间内，它就造成了极大的伤害。

西里尔：我的老兄呀！

维维安：我向你保证，真的是这样，整个事情有趣的部分在于，樱桃树的故事本身绝对是个神话。但是，你不要认为我对美国或我国的艺术前途过于失望。来听这段吧：

---

[1] 博斯韦尔（Boswell），18世纪英国传记作家。

在19世纪结束之前，我们毫无疑问会发生一些变化。我们已经厌倦了那些乏味正经的谈话，那些谈话既没有文采飞扬的才华，也没有浪漫至极的天赋；我们厌倦了那些总是以记忆力为谈话基础的聪明人，他们的陈述总是受到事情发生概率的限制，而且在任何时候，他们的话都有可能被恰好在场的平庸人物所证实，我们的社会迟早会让失落的领袖归来的——那领袖就是具有非同一般的修养的迷人的说谎者。说谎者是何人？在日落时，他尚未出去打猎，就能告诉好奇的穴居人，他是如何把地獭从碧玉洞中浓得发紫的黑暗中拖出来的，或是在一场战斗中如何杀死了猛犸象，又是如何把它的镀金象牙带回来的。我们对这些事没什么了解，现代人类学家也不了解，人类学家所有的科学研究都不能赐予他们一点平凡的勇气，来告知我们这些迷人的事情。无论这个说谎者姓甚名谁，是何种族，他无疑都是社交行为的真正奠基人。因为说谎者的目的只是为了吸引人们，让人们高兴，带给人们欢乐。说谎者是文明社会的基础，若没有说谎者，即使是深宅大院里的家宴，也会像皇家学会上的演讲、作家协会上的辩论，或是伯南德[1]先生的滑稽喜剧一样乏味无聊。

说谎者也不只受到社交场的欢迎。从现实主义的禁锢中挣脱出来的艺术，也会跑去迎接说谎者，亲吻说谎者那虚假而美

---

[1] 伯南德（Francis Cowley Brunand，1836—1917），英国喜剧作家、记者。

妙的唇。因为艺术知道,只有谎言才掌握着所有艺术表现的重大奥秘,那就是:真理完全地、绝对地是一个风格问题。而生活,那可怜的、不确定的、无趣的人类生活,已经厌倦了追随赫伯特·斯宾塞先生、科学史学家和通常意义上统计资料的编撰者,并试图以生活本身那简单而朴素的方式,再现说谎者谈论的一些奇迹。

毫无疑问,总会有评论家像《星期六评论》中的某位作家一样,严厉谴责童话故事的讲述者,谴责他在自然和历史知识方面的缺陷。评论家会用残缺的想象力来衡量想象力丰富的作品。如果有位老实的绅士,他从未到过比自家花园的紫杉树更远的所在,却写了一本引人入胜的游记,那么这就像约翰·曼德维尔[1]爵士一样;或者像伟大的沃尔特·雷利[2]那样,可以对过去一无所知,却写了一部完整的世界历史。为了原谅自己,这些说谎者会躲到别人的庇护下,这个人可以让普洛斯比罗当魔术师,让凯列班和爱丽儿[3]当仆人,他们听到海妖在魔法岛

---

[1] 约翰·曼德维尔(John Mandeville),中世纪英格兰骑士、旅行家、游记作者。一般被认为是《曼德维尔游记》的作者。该书虚构了作者在东方数十年的旅程,以幻想和二手资料为素材,讲述中东、印度、中国、爪哇岛、苏门答腊岛等地的风貌,对当时的欧洲影响巨大。
[2] 沃尔特·雷利(Walter Ralegh),伊丽莎白一世时期著名的探险家、航海家,同时也是位作家,终生致力于英国海外殖民地的开拓。
[3] 普洛斯比罗、凯列班、爱丽儿都是莎士比亚戏剧《暴风雨》中的人物形象。

的珊瑚礁周围吹响号角,听到仙女们在雅典附近的树林里对彼此歌唱,他们带领国王的幽灵在昏暗的队伍中穿过雾蒙蒙的苏格兰荒原,让女巫赫卡忒[1]和那个命运女神躲在一个山洞里。评论家们会求助于莎士比亚——他们总是如此——然后引用那段不幸的老被引用的"艺术是自然之镜"的陈词滥调,而忘记了哈姆雷特是故意说出这句话,以便让旁观者相信,他在所有艺术事务中都是绝对疯狂的。

西里尔:啊!请再来根烟。

维维安:亲爱的朋友,不管你怎么说,这不过是一句戏剧台词,没有比伊阿古(Iago)的演讲更能代表莎士比亚对艺术的真实的看法的了。不过,让我来给这段话作结:

艺术之美在其内而不在其外。不能用任何外在的形似标准来评判艺术。艺术是面纱,不是镜子。艺术世界里有那些森林都从不知晓的花,林地都从未见过的鸟。艺术创造和毁灭了许多世界,并能用一根红色的线,从天上把月亮摘走。艺术的形式是"比实存的人更真实的形式",而艺术的原型非常伟大,那些实存之物只是未完成的艺术复制品。在艺术看来,大自然

---

[1] 赫卡忒(Hecate),莎士比亚《仲夏夜之梦》中的下界女神形象。

没有规律，没有统一性。她（艺术）可以随心所欲地创造奇迹，当她召唤来自深渊的怪物时，它们就马上出现。她能让杏树在冬天开花，也能把冬雪撒在秋日成熟的玉米地上。听了她的话，寒霜会把银色的手指放在燃烧如火的六月的嘴巴上，长着翅膀的狮子会从吕底亚山的山谷里爬出来。当她经过时，旱獭们在树丛中窥视她；当她走近时，棕色的半人羊会对她微笑。有长着鹰脸的神灵崇拜着她，有半人马在她身边飞驰。

西里尔：我喜欢这段。这么说没毛病。文章就这样结束了吗？

维维安：不，还有一段，但这一段纯粹是实用性的。这一段只是提出了一些方法，我们可以通过这些方法来恢复已经消失的说谎艺术。

西里尔：在你读给我之前，我想问你一个问题。你说"可怜的、不确定的、无趣的人类生活"将试图再现艺术的奇迹，这是什么意思？我完全理解你反对把艺术当作一面镜子的观点。你认为这会让天才变成一个残废、一个蠢货。但你是不是想说，你很确定，生活在模仿艺术，其实生活才是镜子，而艺术就是现实本身？

维维安：我确信如此。尽管看似是个悖论——悖论总是危险的东西——但生活模仿艺术远比艺术模仿生活更多，这是肯定的。在当今英国，我们都见到过一种奇特、迷人的美，两位想象力丰富的画家发明了它，并反复强调它，它对生活的影响非常大，以至于人们去看私家展览或去艺术沙龙时，都会看到罗塞蒂梦境中神秘的眼睛、长长的象牙色脖颈、奇怪的方下巴和他深爱着的蓬松的暗色头发。那里有《金色台阶》中甜美的少女气质，有《爱之歌》中花朵般的嘴唇和带着倦意的可爱，有安德洛美达[1]苍白而热情的脸，有《梅林的诱惑》[2]中薇薇安纤细的双手和轻盈的美丽。一向如此，一个伟大的艺术家发明了一种类型，而生活则试图模仿它，以一种流行的形式复制它，就像一个有勃勃野心的出版商那样。霍尔拜因和安东尼·凡·戴克[3]都没有在英国找到他们想要给予我们的东西。他们的艺术范型随身携带，生活则以其敏锐的模仿能力为大师提供范型。希腊人有着敏锐的艺术直觉，他们也明白这一点，于是在新娘的房间里安放了赫耳墨斯或阿波罗的

---

[1] 安德洛美达（Andromeda），希腊神话中的人物，伯恩–琼斯的绘画常以她为素材。
[2] 《金色台阶》（*The Golden Stairs*）、《爱之歌》（*Le Chant d'Amour*）、《梅林的诱惑》（*The Beguiling of Merlin*）均为伯恩–琼斯的绘画作品。
[3] 安东尼·凡·戴克（Anthony van Dyck，1599—1641），比利时画家。

《金色台阶》,伯恩-琼斯,1880年

《爱之歌》，伯恩-琼斯，1865年

雕像，好让新娘孕育出一个可爱的孩子，像她在狂喜或痛苦中看到的艺术品一样可爱的孩子。希腊人知道，生活不仅从艺术中获得灵性、思想和情感的深度、灵魂的骚动或平静，艺术的线条和色彩还可以形成生活本身，可以再现菲狄亚斯的高贵和普拉克西特利斯[1]的优雅。因此希腊人反对现实主义。他们不喜欢现实主义纯粹是出于社会原因。他们觉得现实主义不可避免地会让人变丑，希腊人这个判断完全正确。我们试图通过纯净的空气、自由的阳光、健康的水源去改善种族的生活环境，通过丑陋光秃的建筑，为下层居民提供更好的住房条件。但这些东西只会促生健康，而不会产生美。正由于此，艺术才是必要的，而伟大艺术家真正的门徒，不是工作室里模仿艺术家的人，而是那些变得像他的艺术品的人，无论是像希腊时代的造型，还是像现代派的绘画作品。总之，生活是艺术的最得意的门徒，也是艺术的唯一门徒。

造型艺术如此，文学亦是如此。最明显也最粗俗的表现形式是：一些比较"中二"的男孩，在读了关于杰克·谢泼德或迪克·图宾[2]的冒险故事后抢劫了可怜的苹果小贩的摊位，或

---

[1] 普拉克西特利斯（Praxiteles），古希腊雕塑家。
[2] 杰克·谢泼德（Jack Sheppard）和迪克·图宾（Dick Turpin）两人都是当时英国臭名昭著的罪犯。

《梅林的诱惑》,伯恩-琼斯,1872—1877年

者在晚上戴着黑面罩闯进糖果店，或者在郊区的小巷里跳出来，拿着没装子弹的左轮手枪吓唬那些从城里回家的老绅士。这种有趣的现象，总是出现在我上面提到的那两本书的某一种再版之后，通常这种现象会被归因于文学对人心性和想象世界的影响。这可不对。本质上，想象是创造性的，总在寻找新形式。男孩入室行窃只是生命的模仿本能的必然结果。这是事实，就像一般意义上的事实一样，总是试图复制虚构世界，而我们在这个男孩身上看到的事情，在整个生命中被大规模地重复着。叔本华分析了现代思想的悲观主义特性，但正是哈姆雷特发明了这种悲观主义。世界变得悲伤，因为一个舞台上的木偶[1]曾经忧郁。虚无主义者，那些无信仰的奇特的殉道者，毫无激情地走上火刑柱，为他本不信仰的事物而死，这些都是文学的产物。这类人由屠格涅夫发明，由陀思妥耶夫斯基完善。罗伯斯庇尔是从卢梭的书本中跳出来的人，正如人民宫是从小说的废墟中升起一般。文学预示生活，文学不是生活的复制，而是按照艺术目的来塑造生活。我们知道，19世纪主要是巴尔扎克发明出来的，发明于吕西安、拉斯蒂涅和德·马赛首次出现在《人间喜剧》的舞台上时。人们只是在用脚注和不必要的补充，在现实中实现一位伟大小说家的奇思妙悟或异想天开

---

[1] 指舞台上的哈姆雷特。

而已。我曾很亲密地问过一位和萨克雷熟识的女士,《名利场》中的蓓基有没有现实原型。她告诉我,这是萨克雷原创的人物,但这个角色的构思部分是由住在肯辛顿广场附近的一位家庭教师引发的,这位家庭教师是给一位富有且自私的老太太做伴的。我问她,后来那家庭教师怎么样了,她回答说,奇怪的是,在《名利场》出版几年后,她和她与之做伴的那位老太太的侄子私奔了,一时引发了社会轰动,这挺像罗登·克劳利夫人[1]的生活作风,也完全是罗登·克劳利夫人的手段。最后,她悲痛欲绝,在欧洲大陆上隐姓埋名,偶尔会有人在蒙特卡洛或其他赌场见到她。另一位高贵的绅士,同样出自这位感伤主义者萨克雷笔下的钮可谟上校(Colonel Newcome),也有一位高贵的绅士做原型,这位绅士在《钮可谟一家》(*The Newcomes: Memoirs of a Most Respectable Family*)的第四版出版几个月后就去世了,死前嘴里念叨着"Adsum"[2]一词。与此类似,史蒂文森先生发表了古怪的有关变形的心理小说后不久,我的一个朋友,在伦敦北部的海德先生,急着赶去火车站,走了他自以为是捷径的路,结果却迷路了,发现自己陷入一个让人讨厌

---

[1] 罗登·克劳利夫人(Mrs. Rawdon Crawley),也就是《名利场》中的主人公蓓基。
[2] 拉丁文"我在这儿"的意思。这个词正是书中的主人公所经常念叨的。

的街道网中。他感到相当紧张,开始加快脚步,突然从拱门里跑出来一个孩子,小孩倒在人行道上,把他给绊了一下,他则踩在了小孩身上。小孩当然非常害怕,也受了点伤,就开始尖叫起来,几秒钟后,街上站满了粗鲁的家伙,人们像蚂蚁一样从房子里涌出来,把他团团围住,问他叫什么名字。他正要脱口而出时,突然想起史蒂文森先生故事的开场白。他心里充满了恐惧,因为他突然想起书中那可怕而精彩的一幕,并且出人意料地,他做了小说中的海德先生所做的事,他拼命地逃跑了。然而他被好事的人群穷追不舍,最后躲进了一个诊所,因为诊所的门正好开着,他向一个正在那里服务的年轻医生解释了发生的事情。他给了那帮"人道主义者"一小笔钱,终于劝走了他们。路上没人了,于是他赶紧离开。当他刚走出门时,手术室黄铜门牌上的名字吸引了他的目光 —— "杰基尔"[1],应该是这个名字。

本质上说,这里的模仿当然是偶然的。而在下面的例子中,模仿则是有自我意识的。1879 年,我刚离开牛津大学,就在一位外交大臣的招待会上遇到了一位具有异国情调的美人。我们成了很好的朋友,经常聚在一起。然而,我最感兴趣的不是

---

[1] 杰基尔,即前面提到的史蒂文森小说《化身博士》中的杰基尔博士。

她的美貌,而是她的性格,她整体上的模模糊糊的性格。她似乎一点个性都没有,或者,可能有多重人格。有时她会完全投身于艺术,把客厅变成画室,每周花两三天时间在美术馆或博物馆里。有时她会参加赛马活动,穿上赛马活动的服饰,谈来谈去都在谈赌博。有时她抛弃了宗教,转而迷恋催眠术,有时又放弃催眠术,转而迷恋政治,有时又放弃了政治,转而热衷于慈善事业。事实上,她是一个变形人,是普罗图斯[1],在她所有的转变中,她都遭遇了失败,像被奥德修斯抓住的海神的失败一样。有一天,我读到一本法国杂志开始连载的系列小说。那时候我常读连载小说,我还清楚地记得当我读到小说中的女主人公时所感到的震惊。她很像我刚才说的那个美人朋友,所以我把杂志带给了她,她立刻就从书中辨认出了自己,也似乎对这种相似之处很是着迷。顺便说一句,我应该跟你讲,这个故事是对一个已逝的俄国作家作品的翻译,所以并非作者在复现和模仿我的美人朋友的生活作风。好吧,我简单讲,几个月后,我在威尼斯一个旅馆的阅览室里找到了那本杂志,我随手拿起它,想看看女主人公结局怎么样了。这是一个悲伤的故事,因为这个女孩的结局是,她和一个完全配不上她的男子私奔了,男子不仅社会地位不如女子,而且在性格和智力上都配不

---

[1] 普罗图斯(Proteus),希腊神话中的人物,具有变形能力。

《圣母与小树》,贝利尼,约1487年

上她。那天晚上，我写信给我的朋友，谈了我对乔瓦尼·贝利尼[1]的看法，以及弗洛里奥的美味的冰淇淋，还有威尼斯平底船的艺术魅力，但我又多加了几句，大意是对她说，故事中和她相像的镜像主人公的行为实在是愚蠢至极。我不知道我为什么要加上这几句话，但我记得，我可能是有点害怕她也会像书中人那么做。我的信还没到她手上时，她就和一个男人私奔了，六个月后，那男人抛弃了她。1884年，我在巴黎再次见到她时，她和她母亲住在一起，我问她这个故事是否和她的行为有关联。她告诉我，在她奇怪而致命的人生进程中，她感到了一种绝对无法抗拒的冲动，她一步一步跟着女主人公走，她正是怀着一种真正的恐惧感，期待着故事的最后几章。当读到最后几章的时候，在她看来，她不得不在生活中复现它们，她也的确做到了。这是我所说的这种模仿本能的非常明显的例子，也是一个极其悲惨的例子。

然而，我不想再多谈个别事例。个人经历是一个恶性循环，也是一种有限循环。我只想指出生活模仿艺术远多于艺术模仿生活的一般法则，我相信，如果你认真思考，你会发现这确凿无疑。生活是艺术的一面镜子，它要么再现画家或雕刻家想象的某种奇怪的模型，要么实现了小说中的幻象。科学地说，生

---

[1] 乔瓦尼·贝利尼（Giovanni Bellini），15—16世纪意大利画家。

圣约伯祭坛装饰屏,贝利尼,约1487年

活的基础——亚里士多德所说的生活的能量——仅仅是对表达的渴望,而艺术总是呈现出各种形式,通过这些形式,生命获得这种表达,生活抓住它们并加以利用,即使它们伤害了生活本身。年轻人自杀是因为罗拉[1]终结了自己的生命,是因为维特也终结了自己的生命。想想我们自己因模仿基督而发生的改变,以及模仿恺撒而带来的改变吧!

西里尔:你所说的这个理论的确非常奇怪且令人费解,要使它完整,你就必须证明,自然也如同生活一般,都是在模仿艺术。你准备好证明这一点了吗?

维维安:亲爱的朋友,我准备好证明这个观点了。

西里尔:那么大自然就是在追随着风景画家,通过风景画家,大自然才获得它的存在状态和效果?

维维安:那是当然。如果不是印象派画家的作品,我们怎么能感知到美妙的棕色雾霭?它们沿着街道蔓延,模糊了煤气灯,让房子化为恐怖的阴影。如果不是因为艺术作品和它的创

---

[1] 缪塞(Alfred de Musset,1810—1857)的长诗《罗拉》(*Rolla*)中的主人公。

作者的贡献,那被可爱的银色薄雾笼罩着的河流,那色调变得越来越暗淡的优雅拱桥和摇摆的驳船,又都是从何而来的呢?在过去的十年里,伦敦的气候发生了巨大的变化,这完全是源于一个特殊的艺术流派——印象派。你看你笑了吧。如果你也从科学或形而上学的角度来考虑这件事,你会发现我说得没错。什么是自然?自然不是孕育我们的母亲。自然只是我们的孩子(创造物)。正是在我们的大脑里,自然才拥有了生命。事实上,是我们人类看到了自然,而我们所看到的自然,以及我们看待自然的方式,则取决于艺术给我们的影响。看与看是很不相同的。一个人只有看到自然的美,才算真正看到了自然。而且只有当他看到了自然的美,自然才算存在。现在,人们能看到雾,并不是因为雾存在于世上,而是因为诗人和画家让人们感受到了雾的神秘而美丽的效果。伦敦的雾可能已经持续好几个世纪了。我敢说,应该是有这么长时间了。但是并没有人"看见"雾,我们对其一无所知。直到艺术发明了"雾","雾"才存在。现在,必须承认的是,"雾"已经泛滥成灾了。"雾"已经成了某个艺术团体矫揉造作的标签,这个艺术团体手法夸张,他们的现实主义画作描绘的雾能让迟钝的人像真得了"支气管炎"一般难受。有艺术教养的人会因为它而染病,没艺术教养的人也会因为它而着凉。所以,让我们人性化些吧,邀请艺术去把美妙的目光转向别处。的确,艺术已经在这样做了。

《瓦兹河上的落日》(*Soleil couchant sur l'Oise*),杜比涅,1865 年

现在我们在法国看到的那种白色的颤动的阳光,配着奇妙的淡紫色斑点,不安的紫罗兰色阴影,都是艺术的最新幻象。总的说来,大自然把艺术模仿得相当令人钦佩。过去大自然给我们呈现出了柯罗和杜比涅[1],现在她给我们呈现出了精美的莫奈和迷人的毕沙罗[2]。的确,会有罕见的一些时刻,大自然变得非常现代,虽然只是偶尔才能被人观察到。当然,艺术也并不总是值得信赖的,艺术也处于一种不幸的境地——它创造了一种无与伦比的绝妙效果,而完成这一点之后,艺术就转移到其他目标上了;可是,大自然却忘记了一点,会不断重复这种效果,直到我们都对它完全厌倦为止,大自然的这种模仿真是种可耻的手法。例如,现在没有任何一个真正的文化人会再谈论日落的美丽。聊日落已经过时了。它们属于透纳[3]的时代。欣赏日落透露出一种显而易见的老土气质。另一方面,这样的事情还在继续。昨天晚上,阿伦德尔太太坚持要我到窗前,去看她所说的那片灿烂的天空。我当然得看看。她是一个美丽却荒谬的市侩,谁也不能否认这一点。我看到了什么?一幅透纳的二流作品而已,还是一幅不合时宜的作品,感觉就像画家所

---

[1] 杜比涅(Charles-François Daubigny 1817—1878),19世纪法国著名画家,巴比松派"七星"之一,印象派绘画先驱。
[2] 毕沙罗(Camille Pissarro,1830—1903),19世纪法国印象派画家。
[3] 透纳(William Turner),18—19世纪英国风景画家。

有最严重的缺点都被夸大和过分突出了。当然，我已经准备好承认这一点了——现实生活中常犯与自然一样的错误。现实生活创造了很多虚假的勒内和伏脱冷[1]，就像大自然今天给我们一个可疑的库伊普[2]，明天给我们一个更加可疑的卢梭[3]那样。不过，和现实生活比较起来，大自然做这种事情时会更让人恼火。这看起来太愚蠢、太露骨、太没必要了。一个虚假的伏脱冷也许令人愉快，但一个问题重重的库伊普则让人无法忍受。不过，我不想对自然太苛刻。我真希望英吉利海峡，尤其是在黑斯廷斯那一段，可别看起来像亨利·摩尔[4]的画，明亮处泛着黄色光泽，暗处则是灰蓝色。不过，当艺术变得更加多样化，自然也会变得更加丰富多彩。"自然模仿艺术"这个论点，我想，即使是最苛刻的敌人也不会否认。这是唯一能让自然与人类文明保持联系的办法。而我对这一观点的证明，可还让你信服？

西里尔：你的证明我并不满意，不过这样也好。但即使我

---

[1] 勒内，夏多布里昂小说《勒内》中的人物；伏脱冷，巴尔扎克小说《高老头》中的人物。
[2] 库依普（Albert Cuyp，1620—1691），17世纪荷兰黄金时代代表性画家。以描绘清晨或傍晚荷兰河边风景著称。
[3] 此处指19世纪印象派画家泰奥多尔·卢梭（Théodore Rousseau）。
[4] 此处指19世纪英国风景画家亨利·摩尔（Henry Moore，1831—1895）。

《河边奶牛》(*Cows in a River*),库伊普,1650 年

《有农夫的风景》(*Landscape with a Plowman*),卢梭,1860—1862 年

《彩虹》(*The Rainbow*),亨利·摩尔,1865 年

承认生活和自然中这种奇怪的模仿艺术的本能，你也肯定会承认，艺术表达了时代气质、时代精神，体现了艺术的道德条件和社会条件，艺术是在它们的影响下产生的。

维维安： 当然不是这样！艺术只表达自己。这就是我的新美学的原则。正是这一点使音乐成为所有艺术的范型，而不是因为佩特[1]先生所说的形式与物质之间的联系。当然，国家和个人都有着本能的虚荣心，这是造物的奥秘，国家和个人总以为缪斯女神在谈论他们，总是试图在想象艺术的静穆中找到自己浑浊激情的镜像，总是忘记了生命的歌唱者并不是阿波罗，而是马耳叙阿斯[2]。艺术远离现实，当眼睛不再看向洞穴的阴影时，艺术才呈现出自身的完美，而人群好奇地观看着奇妙的多瓣玫瑰的绽放，幻想着他们正在被告知个人的历史，自己的精神正在以一种新的形式找到表现。但事实并非如此。最高的艺术会卸下人类精神的重担，从新的媒介或材料中，而非从艺术的热情、崇高的激情，或人类意识的伟大觉醒中，得到更多的收获。艺术完全按照自己的路线发展。它不是任何时代的象

---

[1] 指沃尔特·佩特（Walter Horatio Pater），19世纪英国作家、文艺批评家。
[2] 马耳叙阿斯（Marsyas），希腊神话人物，擅长音乐，曾经向阿波罗发起演奏长笛的挑战，比赛失败后被阿波罗剥皮处死。

征。与之相反，时代是艺术的象征。

即使是那些认为艺术反映时代特征、反映地理特征和反映人类社会的人，也不得不承认，一门艺术模仿时代越多，代表时代精神就越少。罗马皇帝邪恶的面孔在肮脏的斑纹岩石和斑纹碧玉中望向我们，当时的现实主义艺术家乐于为他工作，我们幻想着，在那些残忍的嘴唇和沉重的透露着肉欲的下颚中，我们能找到帝国灭亡的秘密。但事实并非如此。提贝里乌斯[1]的罪恶无法摧毁它，正如马克·安东尼[2]的美德也不能拯救它。它是灭亡的原因，与美学趣味无关。西斯廷教堂画里的先知们可能确实为人们解释了文艺复兴的解放精神的诞生，但是，荷兰艺术中醉酒的乡巴佬和吵架的农民真的告诉我们什么是伟大的荷兰精神了吗？一门艺术越抽象化、越理念化，就越能向我们揭示它所处时代的气质。如果我们想通过一个国家的艺术来了解这个国家，让我们关注这个国家的建筑或音乐吧。

西里尔：我完全同意你的看法。时代精神可以用抽象化、

---

[1] 提贝里乌斯（Tiberius，公元前42—公元37），罗马帝国第二任皇帝，提贝里乌斯个性深沉严苛，执政之后并不受到臣民的普遍喜爱。在罗马古典作家的笔下，他被描述成残虐、好色的形象。
[2] 马克·安东尼（Mark Antony，公元前83—前30），古罗马重要的政治家和军事家，是恺撒最重要的军队指挥官和管理人员之一。

理念化的艺术来表现，因为精神本身就是抽象化、理念化的。但时代的另一层面，一个时代的形象层面，或者一个时代的外在风貌，却必须求诸模仿艺术。

维维安：我不这么认为。毕竟，模仿艺术真正让我们感受到的，只是特定艺术家或特定艺术家流派的风格。你肯定没法想象，中世纪的人与中世纪彩色玻璃、中世纪石刻和木雕、中世纪金属制品、挂毯和精美手绘稿上的人有任何相似之处。尽管他们可能是长相很平庸的人，没有什么奇特、怪诞、反常之处的人。如我们在艺术中所领悟的那般，中世纪只是一种明显的风格样式，中世纪艺术家有什么理由不能出现在 19 世纪呢？没有一个伟大的艺术家按事物最真实的面貌看待艺术。如果他这么做，他也就不复为艺术家了。以我们今日的生活为例，我知道，你喜欢日本的艺术。那么，你真的认为，在艺术中呈现给我们的日本人是真实存在的日本人吗？如果你真这么想，那么你根本就不懂日本艺术。"日本人"是某些独立艺术家刻意创造的产物。如果你在一位真实的日本绅士或日本女士旁边放一幅北斋或北溪浮世绘，或任何一位伟大日本画家的画，你会发现它们没有丝毫的相似点。真正生活在日本的人和正常的英国人没什么两样，也就是说，他们非常平凡，没有任何奇异特别之处。事实上，作为整体的日本就是个纯粹的发明创造。根

《交谈》(*Conversation*),毕沙罗,1881 年

《被拖去解体的战舰无畏号》(*The Fighting Temeraire*),透纳,1838 年

本没这样的国家,也没有这样的人。我们有位最有魅力的画家,最近去了菊花之乡日本,呆呆傻傻地希望能见到日本本地人。而他所能看到的,他有机会去描摹的,却只有几个灯笼和几把扇子。他完全找不到本地人,他在道德斯韦尔先生的画廊[1]里举行的招人喜欢的展览,就能很好地说明这一问题。正如我所说的那般,他不知道日本只是一种风格,一种对艺术的精致幻想。所以,如果你想看到"假的"日本,你就需要像个游客一样去东京。相反,你只要待在家里,沉浸在某些日本艺术家的作品中,而后吸收他们艺术中的风致和精神,捕捉到他们富有想象力的视觉方式后,在某个去公园或在皮卡迪利大街漫步的下午,你就能看见真的日本了。如果你在那里看不到,你走遍天涯海角也看不到。或者,让我们回到过去,举个古希腊人的例子。你认为希腊艺术能告诉我们希腊人的样子吗?你相信雅典妇女就像帕特农神庙上庄严的雕像那样吗?还是如同那些坐在同一座建筑里的三角山花墙上的美丽女神那般模样?如果你只通过艺术作品来看,希腊人肯定是这样的。但是请读一下权威作家的作品,比如阿里斯托芬的作品。你会发现,雅典女人

---

[1] 道德斯韦尔(Charles William Dowdeswell,1832—1915)于1878年开设了道德斯韦尔画廊(Dowdeswell gallary)。1883年,该画廊展出了法国印象派作品,这是法国印象派在伦敦举办的第一次大型展览。画廊位于伦敦新邦德街,于1912年关闭。

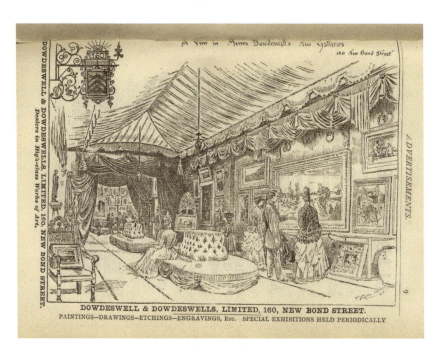

道德斯韦尔画廊宣传画,1891 年

装饰带系得紧紧的，鞋跟高高的，头发染得黄黄的，脂粉涂得满满的，跟当今时代任何愚蠢而时髦的女子或堕落的女子一样，她们就像一个模子里刻出来的。事实上，我们一直是在以艺术为媒介回顾往昔时代，而非常幸运的是，艺术却从来没有告诉过我们往昔时代的真相。

西里尔：但是英国画家的现代肖像画呢？这些画肯定像他们想要表现的人吧？

维维安：是的。正因为这些画是如此的像真人，以至于一百年后没有人会再相信画中人就是真人了。唯一能让人信以为真的肖像画，是那些绘画对象成分少，而艺术家加工痕迹重的肖像画。霍尔拜因对他所处时代的男人和女人的描摹，给我们留下了一种绝对真实感。但这仅仅是因为，霍尔拜因强迫生活听从画家的条件，服从画家的限制，复制画家的范式，并按照画家希望的样子出现。正是风格本身让我们坚信——艺术除了风格外一无所有。我们大多数现代肖像画家是注定要被彻头彻尾遗忘的。他们从不画他们自己看到的事物。他们画的是大众之所见，然而，大众本是盲目的。

西里尔：好吧，在这之后，我想听听你文章的结尾。

维维安：很高兴聊聊结尾。我也不知道这是否对你有什么帮助。我们的世纪无疑是最乏味、最平淡的世纪。唉，连睡觉我们也不会作假，我们关上牙门，打开角门[1]。在迈尔斯[2]先生关于做梦的两本著作中，在《心理学会报》的记载中，我们能读到对美国中产阶级的梦的记录，这是我读过的最令人沮丧的东西。其中甚至连噩梦都不是美妙的噩梦。它们平庸、肮脏、乏味。至于教会，就是有一群人负责信仰超自然现象，执行日常生活中的奇迹，并维持构建神话的能力，这种能力对维持想象力非常重要。对一个国家的文化而言，我想不出比这更好的东西来。但是在英国教会里，一个人的成功不是通过他信仰的能力，而是通过他"不信"的能力。我们的教会是唯一圣坛上站满了怀疑论者的教会，在那里，圣·托马斯（St. Thomas）被认为是理想的信徒。许多可敬的牧师一生都勤勉于慈善事业，到死也不为人所知；但从某所大学出来的一些肤浅无知的家伙，只要他们站在讲坛上，表达他们对诺亚方舟，或巴兰的驴，或

---

[1] 在西方关于梦的传说里，梦若应验，从角门进入，若不应验，从牙门进入。
[2] 迈尔斯（Frederic W. H. Myers，1843—1901），英国诗人、评论家，当时的"心理学研究会"（Society for Psychical Research）创始人。该学会致力于研究一些科学无法解释的心理现象和超自然现象。

约拿和鲸鱼的故事的怀疑[1]，半个伦敦的人就都会蜂拥而至，听他们演说，对他们的高妙才智赞不绝口。英国教会中科学常识的增长是一件非常令人遗憾的事，这无疑是对低级现实主义的一种屈辱的让步。同样，这也很愚蠢。它源于对心理学的完全无知。人可以相信可能性较低的事情，但人永远不会相信毫无可能的事情。好吧，我必须得读读我的文章的结尾部分了：

我们要做的，是重振这一古老的说谎艺术，不管怎么说，这都是我们的责任。文学圈里的业余人士和文学爱好者们，应该在文学主题的午餐会和下午茶时间里，对公众进行"谎言"教育，这方面我们大有可为。但以上所说的只是轻松优雅的谎言，就像克里特人在晚宴上听到的那样。谎言还有很多其他形式。例如，为了获得个人眼前利益而撒谎，为了人们常说的道德目的而说谎，尽管近些年这种谎言非常被瞧不起，但在古代世界中它却极为流行。当奥德修斯说出他"他狡猾的计谋"时，雅典娜大笑不已，就像威廉·莫里斯先生说的那样，谎言的光芒，照亮了欧里庇得斯悲剧中的不朽英雄的苍白眉毛，使得贺拉斯最优美的颂歌中的年轻新娘出现在了贵族妇女中。后来，这种自然本能，被提升为一门自我意识的科学。为了指导人

---

[1] 这三个典故都出自《圣经》，是经典圣经故事。

类，它形成了详尽的法则，并围绕这一主题形成了一个重要的文学流派。实际上，当人们想起桑切斯[1]关于这个问题的出色哲学论述时，却发现从来没人为这位伟大诡辩家的作品出版精简版，不禁让人感到遗憾。如果以一种吸引人的、不太昂贵的形式做出一本精简版入门书《何时说谎，如何说谎》，无疑会获得极大销量，而且会对许多认真的、深思熟虑的人产生真正的、切实的帮助。为了提高年轻人的素养而撒谎，这是家庭教育的根基，这种教育方式在当代人中仍然存在，它的优点，柏拉图在《理想国》等早期书籍中已经进行了令人钦佩的阐述，因此我们没有必要在这里多加赘述。这是一种说谎模式，一种优秀母亲都有的独特能力，但它还可以进一步发展，可惜这一点被教育部门忽视了。为了拿到每月薪水而撒谎，这在舰队街[2]也是众所周知的，是成为政治方面的意见领袖和作家的必要条件，这个职业也不是没好处，但据说这是种颇为枯燥的行当，除了些浮华炫技的能力之外，这帮人也肯定不会有多大出息。唯一无可指摘的说谎形式，是为说谎而说谎，而这一形式的最高境界，正如我们已指出的，是在艺术中说谎。人若不懂

---

[1] 桑切斯（Francisco Sanchez，1550—1623），葡萄牙怀疑论哲学家。
[2] 舰队街（Fleet Street），伦敦著名的新闻出版一条街，很多世界知名出版社、媒体总部都驻扎于此。

得"吾爱吾师,吾更爱真理",就不能超越学院派的局限;同样,人若不懂得,吾爱真理吾更爱美,也永远不会进入最深奥的艺术圣殿。

英国人顽固的理性习惯躺在荒原上,就如同福楼拜奇异故事中的狮身人面像一般,而幻想则在它周围跳舞,用伴着笛声的虚拟音律,向英国人的理性呼唤着。理性现在也许听不到幻想的声音,但终有一天,当我们对现代小说的四平八稳的性格感到厌倦时,理性就会听从幻想的声音,并想要借助幻想的翅膀飞翔。

当那一天降临时,当夕阳一片酡红,我们都会多么高兴啊!事实将被认为不再可信,真相为它给人带来的束缚而哀痛不已,而幻想和浪漫,带着它的惊奇秉性,将回归这片大地。我们惊愕的目光,将改变世界的模样。贝希摩斯[1]和利维坦将从海中升起,绕着大帆船航行,就像我们从那些旧日的地图上看到的一样,龙会游荡于废墟,凤凰从火焰中飞翔。我们将把手放在巴斯里斯克[2]身上,双眼看到蟾蜍头上的宝石,嘴里嚼着金色燕麦,河马会站在我们的马厩里,蓝鸟会在我们的头顶上

---

[1] 贝希摩斯(Behemoth),《圣经》中出现的怪兽,是贪婪、庞大、强力的象征。上帝创世第六天,造出了贝希摩斯和利维坦。
[2] 巴斯里斯克(Basilisk),古希腊神话传说中一种类似毒蜥的怪物。

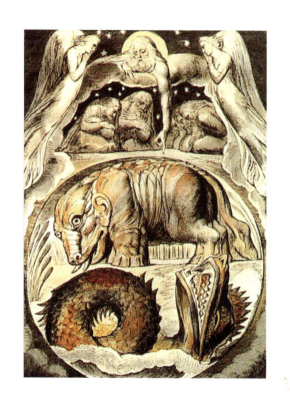

《贝希摩斯和利维坦》,《约伯记》插画,威廉·布莱克,1825 年

浮游，吟唱着美妙而不可思议的事，吟唱着可爱而从未发生的事，吟唱着不可爱却应该发生的事。但在这一切的一切之前，我们必须修炼失传的说谎术。

西里尔：那我们一定要马上培养这一能力。但是为了避免犯错，我想让你简要地告诉我新美学的教义。

维维安：简而言之——艺术只表达自己，除自身外别无表达。它有一个独立的生命，就像思想一样，完全按照自己的路线发展。在现实主义时代，它不一定是现实的，在信仰的时代，它也不一定是属灵的。到目前为止，艺术远远不是时代的创造者，它通常与时代直接对立，它为我们保留的唯一历史就是艺术自身的演进史。有时，它会沿着旧日的足迹，恢复一些古老的形式，就像发生在希腊晚期的复古运动和我们时代的前拉斐尔派运动一样。在其他时候，艺术完全预见了未来的时代，在一个世纪内创作出的作品，只有另一个世纪的人才能理解和欣赏。在任何情况下，艺术都不会复制它的时代。通过一个时代的艺术发掘时代本身，是所有历史学家犯下的大错。

第二原则如下：一切糟糕艺术都源于回归生活和自然，还把它们升华成艺术理想。生活和自然有时可能被用作艺术粗糙素材的一部分，但在它们真正服务于艺术之前，必须被翻译成艺术惯例。艺术一旦放弃了它的想象性媒介，它也就放弃了一切。现实主义作为一种方法是完全失败的，每一个艺术家都应该避免两件事，形式的现代性和题材的现代性。对于生活在19世纪的我们来说，除了我们自己生活的世纪外，任何一个世纪都是恰切的艺术主题。唯一美妙之物，是与我无关之物。我很高兴引用我自己的话来说明这个问题，正是因为赫库芭的痛苦对我们来说无关紧要，所以她的悲伤才是悲剧的动机。此外，只有现代才会变得过时。左拉端坐桌前，为我们描绘了法兰西第二帝国的全景图。可现在，谁还关心第二帝国的事？它早已过时了。生活本身比现实主义跑得快，但浪漫主义比生活跑得还快呀。

第三原则是，生活模仿艺术的程度，远超过艺术模仿生活的程度。这不仅源于生命的模仿本能，而且源于这样一个事实：生命的自我意识的目的是寻找表达，艺术为它提供了某种美丽的形式，通过这些形式，它可以表现出这种生命能量。这是种从未被提出过的理论，但它极富成效，并为艺术史提供了一个全新的视角。由此推论，外部自然也模仿艺术。自然唯一能给我们展示的效果是我们在诗歌或绘画中已经看到的效果。这是关于大自然魅力的奥秘，也是给大自然缺陷做的注脚。

最后的告诫是，去说谎吧，去讲述美丽而不真实的事情吧，这是艺术的正当目的。但我想我已经讲得太多啦。现在，让我们到露台上去，那里有"乳白色的孔雀如鬼魂般消沉"[1]，而晚星则在"用银色光芒洗涤黄昏"[2]。在暮色中，大自然化为一种奇妙的暗示性的效果，并不是说它不够美好，不过，它的主要用途也许只是给诗人的名句做阐释和注解。好吧！我们已经谈了太久了。

---

[1] 此句为英国维多利亚时代诗人阿尔弗雷德·丁尼生（Alfred Tennyson, 1809—1892）《公主》（*The Princess*）中的诗句。
[2] 这句为威廉·布莱克《晚星》（*The Evening Star*）中的诗句。

给艺术生的一次演讲

[导言]1883年,王尔德结束旅美之行后,又在英国、爱尔兰展开了一系列巡回演讲,演讲一直持续到1888年,共计200余场。这段时间王尔德的生活并不如意,许多剧作遭到戏院拒绝,因此在这一阶段,演讲也是其维持生计的手段。如今我们对作家的这个人生阶段的细节所知甚少。有研究者认为,这一时期是王尔德生平中后世了解最少的部分。[1]本文是这一系列演讲中的一篇,原文后面部分段落没有保存完整,故此处选取了前面较为完整的部分节译,通过这篇文章,我们可以看到王尔德对艺术与环境之关系的思考。

今天晚上有幸在你们面前发表演讲,我不想对"美"进行

---

[1] Geoff Dibb. "Oscar Wilde's Lecture Tours of the United Kingdom", *The Wildean*, no. 42 (2013): 8-18.

任何抽象定义。因为艺术从业者不能接受任何理论层面的美，不能接受用理论来代替"美"本身，而且，我不但不想把它孤立在一个理智的公式中，还想找到一种可以借由感官给予灵魂欢乐的形式，并用它来实现美。我们想创造美，而不是定义美。定义是作品的仆人：作品不需要削足适履地去适应定义。

事实上，对年轻艺术家来说，没有什么比理性化的美的概念更危险的了：艺术家总是被理性引导到脆弱的美丽或刻板的抽象之中。然而，要真正触及理念，就不能剥夺艺术的活力。你必须在生活中找到美，在艺术中重新创造美。

一方面，我不想给你任何美的哲学，因为我们想研究的是我们如何创造艺术，而不是如何谈论艺术；另一方面，我也不想谈任何像英国艺术史这样的东西。

首先，像"英国艺术"这样的词组是毫无意义的。我们不妨谈谈"英国数学"这个词组。艺术是关于"美"的科学，数学是关于"真"的科学：这两个学科都没有国立院校。事实上，就算有国立院校也会只是个地方院校的水准。甚至艺术学校这东西本身就没什么意义。世上只有艺术家，仅此而已。

至于艺术史，它对你们也没什么用，除非你在为了那早晚会被忘掉的炫耀和虚荣，费力谋求一个艺术教授的职位。知道佩鲁吉诺[1]的出生日期,或萨尔瓦托·罗萨[2]的籍贯,对你来说是没什么帮助的,你所要学的东西,就是看出何谓一幅美妙的画,何谓一幅糟糕的画。至于艺术家的年代,所有好的作品看起来都非常现代:一件希腊雕塑,一幅委拉斯凯兹[3]的肖像画——它们总是现代的,总是属于我们这个时代的。再谈谈艺术家的民族性,艺术本就不具有民族性,而是带有普世性的。至于艺术考古学,离它越远越好:考古学只是一门给糟糕的艺术找借口的学科。它是把许多年轻艺术家的艺术之船撞沉的岩石;它是一个对艺术家来说并不存在的地域,一个艺术家无论老少都永远逃不出的深渊。或者,就算一个艺术家真能从深渊逃回,那他的身上也已经沾满了岁月的风尘和光阴的霉味,那么作为一个艺术家,他就已经完全无法被认出来了,他将不得不在一顶"著名学者"的帽子下,或者仅仅作为一个古代史的插图画匠苟活下去,了此残生。考古学在艺术上是多么的没用,

---

[1] 佩鲁吉诺(Pietro Perugino,1445—1523),意大利文艺复兴时期画家,与达·芬奇、波提切利同是文艺复兴时期著名画家、雕塑家安德烈·德尔·韦罗基奥(Andrea del Verrocchio)的学生,同时还是拉斐尔·齐奥的老师,对文艺复兴时期的美术发展有相当的贡献。
[2] 萨尔瓦托·罗萨(Salvator Rosa,1615—1673),17世纪意大利最反传统的创新派画家,被18世纪晚期和19世纪早期浪漫主义运动奉为先驱。作品题材广泛,主攻风景画和寓言画,同时受欧洲北方版画影响颇深,作品常描绘巫术场景。
[3] 委拉斯凯兹(Velasquez,1599—1660),西班牙巴洛克时期画家。

《圣皮埃尔领钥匙》(*Remise des clefs à saint Pierre*),佩鲁吉诺,1481 年

你只需从它火爆的人气上就能看出来。人气是世界给伪劣艺术戴的桂冠。任何流行的东西都是错的。

既然我不打算和你谈论美的哲学或艺术史，你或许会问，我到底想要说些什么？今天晚上我演讲的主题是——什么造就了艺术家，艺术家又创造了什么，以及艺术家与周围环境有什么关系，艺术家应该受到什么样的教育，一件好的艺术作品有什么样的特质。

说到艺术家与周围环境的关系，我是指艺术家与他出生的国家和时代的关系。所有好的艺术，如我前面所说，都与任何特定的时代无关。这种普世性是艺术作品的特质，但产生这种特质的现实条件却是不尽相同的。我认为，你们要做的是彻头彻尾地了解自己的时代，以便完全从中抽身而出；记住，如果你是一个艺术家，你将不只是一个时代的喉舌，而是永恒时间的主人，所有的艺术都建立在一个原则之上，而时间上的考量根本不属于这个原则。而且，如果有人建议你炮制一个代表19世纪的艺术作品，孩子们，当你完成这个作品时，你就会发现它已经过时了。但是也许你会对我讲，现在是一个没有艺术精神的时代，我们是一个没有艺术精神的民族，艺术家在我们这个19世纪遭受了许多痛苦。

我当然知道这些。面对所有人我也不会否认这一点。但请记住，自世界诞生以来，从来没有一个属于艺术的时代，也没有一个拥有艺术精神的民族。艺术家曾经一直是，未来也将永远是一个奇妙的意外。不存在艺术的黄金时代,只存在那些创作出比黄金更宝贵的作品的艺术家。

也许你会问我,古希腊不是个艺术民族吗?

当然不是。但是,或许你是在说雅典,那无数城市中的独一无二的存在。

你认为雅典人是有艺术修养的群体吗?即使是在艺术飞速发展的时期,也就是公元前5世纪后期,当他们拥有古代世界最伟大的诗人和最伟大的艺术家的时候,当帕特农神庙在菲狄亚斯的召唤下华丽地拔地而起的时候,当哲学家在彩绘门廊的光影下显露智慧的时候,当悲剧的完美形式和惨痛内容充盈了大理石戏台的时候,他们就是属于艺术的民族吗?完全不是。除了热爱自己的艺术家和理解艺术家的艺术的人以外,难倒存在什么艺术的民族吗?雅典人也做不到这一点。

雅典人是怎么对待菲狄亚斯的?我们要感谢菲狄亚斯所属的伟大的时代,不仅为希腊艺术,而且为一切时代的艺术——我指的是,引入了鲜活有生命力的艺术范式。

如果有那么一天,在英国人民的支持下,所有的英国主教都从埃克塞特会堂[1]来到皇家学院,把弗雷德里克·莱

---

[1] 埃克塞特会堂,位于英国德文郡郡治埃克塞特市,1763年落成,是英国第三古老的会堂。

顿[1]爵士从囚车上带到纽盖特监狱[2],罪名是"他在设计圣像时使用了鲜活而有生命力的模特原型",你会怎么看?

你难道不反对有这类想法的野蛮人和清教徒吗?你难道不想向他们解释,不想告诉他们,最糟糕的向上帝表示敬意的方式就是羞辱为上帝塑像的人吗?如果说一个人想画基督,就必须选择他能找到的最像基督的人;如果一个人想画圣母像,那他就得找到熟人中最纯洁的女孩是谁。

如果可能,你会不会烧毁纽盖特监狱,会不会赶紧逃离这个地方,并声明与圣像一模一样的艺术品是不可能的?

没有一模一样的仿制品,这就是雅典人的想法。

在大英博物馆陈列帕特农神像复制品的房间里,你会看到那里还陈列着一个大理石盾牌。盾牌上有两个人影,一个半掩着脸,另一个有着伯里克利[3]般的神性特征。

完成这个作品之后,菲狄亚斯把雅典光辉历史上伟大政治

---

[1] 弗雷德里克·莱顿(Frederic Leighton, 1830—1896),19世纪末英国唯美主义画派的代表人物,著名学院派画家,曾任英国皇家美院院长。
[2] 纽盖特监狱(New Gate Prison),又名新门监狱,位于伦敦圣保罗教堂附近,运行700余年,是英国历史上臭名昭著的监狱。
[3] 伯里克利(Pericles,约公元前495—前429)是雅典黄金时期(希波战争至伯罗奔尼撒战争)具有重要影响的领导人。他在希波战争后重建雅典,扶植文化艺术,现存的很多古希腊建筑都在他的时代建立。他的时代也被称为伯里克利时代,是雅典最辉煌的时代,产生了苏格拉底、柏拉图等一批知名思想家。

家的形象呈现到了浮雕中，他因此被关进监狱，在雅典普普通通的一座监狱里，人类失去了一位昔日世界最伟大的艺术家。[1]

你认为这是个偶然和例外吗？不，庸俗时代的标志就是总盯着艺术中不道德的元素，而这种抨击是雅典人针对那时每一位伟大诗人和思想家的，是针对埃斯库罗斯、欧里庇得斯、苏格拉底的。13世纪的佛罗伦萨也是如此。好的工艺要归功于行会，而不是人民。当行会失去权力，人民蜂拥而入，美妙和真诚的艺术作品就消失了。

所以，永远不要谈论一个有艺术精神的民族：这样的民族从未出现过。

但是，也许你会告诉我，这个世界上的外在美几乎已经完全消失了，艺术家不再居住在曾经每个人都拥有过的像自然遗产一样美好的环境中。在我们这个并不美丽的小镇上，艺术举步维艰，当你早上去上班或傍晚下班归来，你必须经过一条又一条的街道，那几条街道上有世界上最愚蠢低俗的建筑；每种美妙的希腊造型都在被亵渎，每种可爱的哥特式建筑都在被玷

---

[1] 菲狄亚斯的作品帕特农神庙里的雅典娜巨像。据记载由黄金与象牙制成，约于公元前447年开始制作，今已不存。大英博物馆现藏一尊公元3世纪罗马大理石制雅典娜盾牌缩小版复制品，为古罗马人仿制该雕塑的局部残件。在这块盾牌上，他刻画了伯里克利的头像。在希腊人的观念中，把人类与神明并置，是一种亵渎神祇的行为。菲狄亚斯因此被关进监狱，并死在监狱中。

雅典娜盾牌古罗马大理石复制品残件,大英博物馆,公元 3 世纪

想象中的雅典娜神像复原图

《人类的弱点》(*Human Fragility*),罗萨,1651 年

污,占伦敦四分之三面积的房子都不过是鄙陋的方匣子,又肮脏又破旧,又穷酸又傲慢——门厅里门的颜色总是丑的,窗户大小也不合适,即使你厌倦了这些房子,你却也只得住在里面,望着街上的烟囱,望着那些冒着被绿皮公共汽车碾过的危险的拿着夹芯板(sandwich panel)的男人,望着那些朱红色的信箱。

你会问我,在这样的审美环境中,艺术不是举步维艰吗?当然很困难,但艺术从来也没那么容易;你们自己也不希望它过于容易吧;而且,为其所不可为不才是最有价值的吗?

但是,你肯定不满足于一个悖论式的回答。艺术家与外部世界的关系到底是什么样的呢?艺术失去了美丽的外部环境,这是现代艺术最重要的问题之一。罗斯金先生认为,艺术的颓废是由外在美好事物的堕落引起,这个理由是不充分的;我认为,只有当艺术家没有发现美好事物的眼光的时候,美才会从他的作品中消失。

我记得在一次演讲中,罗斯金在描述过一座伟大的英国城市的肮脏之后,开始为我们描绘很久以前的外部环境。

他说,完美如画的艺术意境也只能微弱地回应这种外部环境的美丽,想想在下午散步时,呈现在哥特式学校的设计师尼古拉·皮萨诺[1]或其他艺术家面前的场景是什么样的:

---

[1] 尼古拉·皮萨诺(Nicola Pisano,约 1225—1284),古罗马建筑师、雕塑家。

他会看见，在一条明亮的河流两岸，矗立着一排排明亮的拱形宫殿，蜿蜒曲折，上面镶嵌着深红的斑岩；沿着码头向前，城门外是骑士队，他们面目高贵，纹章和盾牌耀眼；马和人身上汇聚着古雅的色彩、绚烂的光辉——紫的，银的，鲜红的流苏在骑手强壮的四肢和走过的林荫路上飘拂，就像夕阳下海浪击打着岩石。河的两岸坐落着花园、庭院和修道院；在藤蔓掩映下，有一排排白色的柱子；喷泉的水珠跳跃在石榴和橘子的花蕾上；让我们沿着花园小路继续走下去，穿过深红色的石榴树影，脚步放慢，你会看见平生未曾见过的最美丽的意大利女子——说她们最美，是因为她们最纯洁也最体贴；受过最高贵的知识和最典雅的艺术熏陶——陶冶于舞蹈、音乐、智慧中；陶冶于高贵的学问，更高贵的勇气，人世间最高贵的爱中——以上种种都能祝福、陶冶和拯救人类的灵魂。从这完美如画的人类生活场景往上看，玫瑰色穹顶和钟楼上，闪耀着石膏的雪花白和金色的阳光；在穹顶和钟楼之外，是长满橄榄树的山坡；在遥远的北方，在紫色的亚平宁山脉的庄严山峰之上，陡峭的卡拉拉山脉将坚韧的大理石山顶插入琥珀色的天空；浩瀚的大海，灼热的光芒，从山脚下一直延伸到戈尔贡岛。无论在今天、昨日，还是远古，我们通过藤蔓的叶子看到的，在亚诺河的溪流中映照着的所有云团中描绘出的，或者在骑士和淑女金色头发下面蓝色面孔所体现出的，对所有人来说，都是

比萨圣若望洗礼堂讲道坛,皮萨诺,1255—1260 年

灵魂的家园，就像地球本就是人类的家园。拨开云层，拨开沾了露珠的面纱，我们进入了宝相庄严的永恒世界。那是天堂，每一朵路过的云彩都是天使的车辇，每一缕晨光都从上帝的宝座上流溢开来。

你们觉得这样的环境对于一个设计学院来说体验如何？

再看看任何一个现代城市令人沮丧、单调无趣的环境吧，看看男人女人的暗色衣服，看看毫无意义的贫瘠的建筑，看色彩单调的周遭世界。如果一个民族的生活本身不够美好，那么不仅是雕塑，所有的艺术都会随之消亡。

好吧，谈到结尾时我们竟然有了一种宗教感，我想我不需要谈这一点。宗教源于宗教情感，就像艺术源于艺术情感：人无法通过一朵花得到另一朵花；要想得到花朵，必须找到它的根。而且，如果一个人在空中看见了如同天使战车一般的云朵，他自然会把它画得和一般云彩很不一样。

但是，在说到刚才那段散文诗一般的文字的开头时，我的总体想法其实是，美丽的环境对艺术家来说真的是必要的吗？我想并非如此，最起码我就不是这样。事实上，在我看来，在这个时代，最让人讨厌的不是公众对美的漠视，而是艺术家对所谓的丑的漠视。因为，对于真正的艺术家来说，没有什么东西本身就是美的或丑的。美丑与对象的内在本质无关，只与对象的外表有关，而外表是一个明暗色调的问题，是大众文化的问题，是阶级地位的问题，是价值评判的问题。

事实上，外表只是一个效果，艺术家要处理的是自然的效果，而不是自然本身。作为画家，要画的不是事物的原本面貌，而是事物的视觉表象，不是"它是什么"，而是"它不是什么"。

没有一个物体丑陋到在任何的光影条件下，或者放在其他物体中间的时候，怎么看都不美；也没有一个物体能美到在任何条件下看起来都不会显得丑。我相信，每一个24小时的轮回里，美都会变丑一次，丑也会变美一遭。

而且，我认为，我们英国画如此不出彩，就是因为许多年轻艺术家只关注所谓的"现成的美"，而作为艺术家，你可不是为了复制美，而是为了在你的艺术中创造美，在自然中等待和观察美。

如果一个剧作家在他的戏剧中只塑造好人，你会怎么看？你难道不会说，他少塑造了一半的人类生命吗？同理，关于那个只画美丽事物的年轻艺术家，我也要说，他只热爱一半的大千世界。

不要等待生活变得如画境一般，而是要创造画境般的条件以便观察生活。你可以在自己的工作室里创造这些条件，因为它们只是光影问题。在自然界中，你则必须等待它，注意它，选择它；如若你耐心等待、细心观察，它们终将来到你身边。

如果你能这样做，晚上，在高尔街（Gower Street），你也会看到一个漂亮的信箱；在泰晤士河堤上，你也可以看到英俊的警察。与此相反，号称美丽的威尼斯也不总是美丽的，号称浪漫的法国也不总是浪漫的。

"画你亲眼所见"是一条不错的艺术准则，"画你心有所属"却是更好的一条。要学会创造画境，并以此来观察生活。因此，比起生活在环境优美的城市里，生活在天气多变的城市对艺术家来说是更合适的选择。

莎士比亚论舞台布景

[导言] 19世纪晚期,伦敦的戏剧舞台上实物道具增多,布景画减少,作为剧作家的王尔德对此颇为不满,故于1885年写下了这篇评论。本文于1885年3月首发于《戏剧评论》(*Dramatic Review*)。

常听人谈起,要是莎士比亚本尊看了欧文先生《无事生非》(*Much ado about nothing*)的制作,或看了威尔森先生的《哈姆雷特》的布景,他会说些什么呢?对于光芒万丈的布景或令人炫目的颜色,他会打心里高兴吗?对舞台上的墨西拿[1]城堡和埃尔西诺[2]战争,他会兴致盎然吗?还是说他会无动于衷:"这部戏,哎哟,这部戏,也就那么回事儿吧。"

莎士比亚肯定觉得,这些舞台布景真是令人愉悦,这么一

---

[1] 墨西拿(Messine),意大利地名。
[2] 埃尔西诺(Elsinore),丹麦东部城市。

A note on Shakespeare

In many of the somewhat violent attacks which have been made recently on that splendour of mounting which now characterises Bourdon's Renowls, it seems to have been tacitly assumed that Shakespeare was more or less indifferent to the costume of his actors. And as regards the value of any historical accuracy in costume, Lord Lytton in an article in the Nineteenth Century has laid it down as a dogma of art that archaeology is entirely out of place in any play of Shakespeare's, and that its introduction is one of the stupidest pedantries of an age of prigs. Lord Lytton's position I will examine later on, and as regards the theory that Shakespeare did not busy himself much about the way his actors were dressed, I will content myself by saying that there relies absolutely no dramatist who depend so much for his effects on the dress of his actors as Shakespeare himself. Many of his plays, such as Measure for Measure,

王尔德手稿，"a note on Shakepeare"

布置，也肯定能大赚一笔，其实莎士比亚对这些事情的态度不难猜测，这样说的前提是你读过莎士比亚本人的作品和经历，而不是读过很多关于他的八卦边角料。

这么说吧，比如，伦敦剧院的经理就说得很直接，借《亨利四世》合唱队之口，他这么抱怨道——舞台太小，如此之小的舞台，却要展示历史的鸿篇巨制；舞台布景实在贫乏，不得不砍掉很多风景如画的桥段；管理员数量本就少得可怜，但经费实在有限，所以还得让他们去演一些士兵；没法把真的高头大马牵到舞台上来实在是遗憾之至。在《仲夏夜之梦》中，莎士比亚给我们呈现了趣味盎然的海峡场景，但由于缺乏合适的舞台，我们不得不把布景削减成另一副模样。实际上，莎士比亚自己一直在反抗着伊丽莎白时代舞台的两种特殊局限：缺乏合适的舞台布景和缺乏男扮女装的风尚。如果对此视而不见，我们就没法真的读懂莎士比亚在说些什么。莎士比亚当时的有些抗议，即便今天的剧院经理也在重申，像演员无法理解台词啦，搞丢了叙事线索啦，过度表现了角色啦，语气装腔作势啦，风格哗众取宠啦，演技太过业余啦……

如莎士比亚这般的伟大戏剧家，舞台对于他真的是限制重重。他得不停地暂时中断表演，以便派些伙计上去给观众解释清楚：这个新角色上场后，或在他下场去其他地方后，咱们的戏已经由旧场景转换到新场景啦。这个场景代表暴风雨中的沉船,那个场景代表希腊神庙的内景,另一个场景是一个特别的小镇的街道。做这些事时,莎士比亚完全陷在了非艺术性的劳作中,他不得不拔高嗓门给大家道歉。除了这些笨办法,莎士比亚还有两招用来告知大家场景的变换:挂个牌子,或把他的场景描述写出来。前者很难满足他的视觉诉求和美感体验,显然也很难取悦那个时代的戏剧批评家。但谈到后者,那些场景描述,对我们这些不只把他看成戏剧家,也把他看成诗人的人来说,对我们这些在剧院观赏戏剧很开心,但窝在家里读剧本也能感到同样快乐的人来说,可真是妙事一桩。因为,这些描述读起来就没有我们在公主剧院或学会剧院所感到的那种有意为之的机械和枯燥了。例如,如果埃及艳后克里奥佩特拉的驳船是由帆布和荷兰金属结构而成,那在从舞台上撤下这个家伙事儿的时候,它可能会被染上油漆或被弄碎,而且,即使它幸免于难,存活到今天,恐怕此时也已经变得破烂不堪。可是对于读剧本的人来说,在莎士比亚的文字里,它的船尾仍被打磨得金光闪闪,紫色的船帆依然美丽动人;银色的船桨不厌其烦地跟着它所追随的笛声摇摆,涅拉伊德(Nereid)柔软的手也百年如一日地抚摸着丝质的钓具;美人鱼仍然躺在舵边,孩子们仍然站立在甲板上,挥舞着那彩色的扇子。但无论莎士比亚的场景描述多么精妙可爱,它本质上都是非戏剧性的。看戏的观众对视觉的印象远比对听觉的印象深刻,而现代剧作家在幕

THE NINETEENTH CENTURY.

A MONTHLY REVIEW
EDITED BY JAMES KNOWLES.

No. 99, MAY 1885.

		PAGE
I.—	Egypt and the Soudan. By His Highness PRINCE HALIM PASHA, of Egypt	733
II.	The Coming War. By PRINCE KROPOTKIN	745
III.	Variations in the Punishment of Crime. By the Hon. Mr. JUSTICE STEPHEN	755
IV.	Diet in relation to Age and Activity. By SIR HENRY THOMPSON	777
V.	Shakespeare and Stage Costume. By OSCAR WILDE	800
VI.	The Red Man. By J. H. MCNAUGHTON	819
VII.	Death. By ARTHUR E. SHIPLEY	827
VIII.	Our System of Infantry Tactics: what is it? By General SIR PATRICK MACDOUGALL, K.C.B.	833
IX.	A Farm that really pays. By J. BOWEN-JONES	847
X.	Lunacy Law Reform. By Dr. GASQUET	857
XI.	Lord Bramwell on Drink: A Reply. By Archdeacon FARRAR	869
XII.	Why I left Russia. By ISIDOR GOLDSMITH	883
XIII.	The 'Great Wall' of India. By Major-General SIR HENRY RODES GREEN, K.C.S.I.	905

KEGAN PAUL, TRENCH & CO., LONDON.

PARIS: LIBRAIRIE GALIGNANI, 224 RUE DE RIVOLI.
AGENTS FOR AMERICA: THE INTERNATIONAL NEWS COMPANY, NEW YORK.

1885.

Price Half-a-Crown.   All rights reserved.

王尔德另一篇讨论莎士比亚的文章《莎士比亚与舞台服装》文献图片

启时将戏剧的环境清晰地呈现在观众面前，这一优势是莎士比亚所一直艳羡和渴望的。毫无疑问，莎士比亚的戏剧描述和现代戏剧的戏剧描述截然不同，观众只要依据自己的观察便可以发现这一问题。莎士比亚有一种富于想象力的方法，通过这种方法在观众的头脑中创造出他想要他们看到的事物的形象。戏剧的特点仍在于戏剧动作。为如画的布景而停下戏剧叙事总是带有风险的。具有自我说明效果的布景的引入，使得现代戏剧方法的表现更加直接，给予我们形式和色彩的可爱之处，在观众中间创造了一种艺术氛围，诞生了一种为美本身而愉悦的艺术乐趣。没有它，伟大的艺术作品就不会被理解，而这也是它唯一的目的。

有人爱谈戏剧的象外之象，或者景外之情，这种看法空泛而愚蠢。一部好剧本，若演出也成功，那么给予我们的是双重艺术享受，目为之悦，耳亦为之愉，我们的全部天性和感官，接纳了这部伟大的虚构作品给予我们的细致入微的影响。要是剧本很烂，我们不会看到任何观众为美妙布景所吸引，也不会耐心地听演员们抑扬顿挫地朗诵台词，这种戏只能算是为粗糙的现实主义略尽了义务。这对观众是好是坏，此处我不多加讨论，无论如何，剧作家受的打击没有比这更重的了。

实际上，因戏剧的现代演出形式而受打击的主要不是戏剧作家，而是布景画家，他们正在被舞台木工所取代。在德鲁里巷(Drury Lane),我不时看到漂亮的前台布景被闲放在那儿,其中有些美妙如画,还有些完全就是艺术家的手笔。还有很多布景出自其他剧院的那些我们耳熟能详的戏剧作品,戏院后台的木工的锤子和钉子实在威力无穷,有了实物道具之后,前台的戏剧对话都可以缩减了,变成哑剧也没所谓了。通常来讲,舞台上若充斥大量珍奇的实物道具,反而比布景画更昂贵和笨重,而且也远不如布景画真切好看。贵重的物品会影响观看者的宝贵视野,一扇被画出来的门比起一扇真正的门,倒是更像门,因为它可以被给予适当的光影条件。而过度使用模拟建筑则总让舞台太过耀眼,因为它们必须从前后给予照明,气体射流(gas jets)成了场景的绝对光线,这并不能让我们感知到细腻的光影条件,而细腻的光影才是艺术家孜孜以求的。

莫为剧作家的地位徒然叹息了,戏剧批评家们更该尽自己所能,为布景画家地位的重新确立做贡献,别让他们被资本家呼来唤去,或被舞台木工后浪推前浪,打死在沙滩上。不知为何,像贝弗利先生、瓦尔特·汉纳先生、泰宾先生[1]这样的艺术家,竟然不能被授予艺术学会会员的荣誉。和那些我们只要花一先令就能看到其绘画方面之无能的皇家夏季艺术展

---

[1] 贝弗利先生(Mr. Beverley)、瓦尔特·汉纳先生(Mr. Walter Hann)、泰宾先生(Mr. Telbin)均为当时的戏剧布景画家。

（R.A.s）[1]上的艺术家比起来，这些布景画家更有资格入选。

此外，在最后，那些批评家一直倡导伊丽莎白时代舞台的简单法则，并让我们喜之爱之，我应该让他们谨记，他们所大加赞赏的情景，正是莎士比亚本尊所努力反抗的，莎士比亚才是真正艺术家精神的代表，莎士比亚始终竭尽全力地为艺术而抗争。

---

[1] 原文为R.A.s，一些英文文集中均没有注明，疑为皇家夏季艺术展（Royal Art summer exibition）。该展览起源于1769年、今天仍旧存在。

托尔斯泰的《战争与和平》

[导言]托尔斯泰的《战争与和平》于1869年首次出版,不过在之后很长一段时间里,这本书却一直没有英文译本,这是王尔德非常不满的。有研究认为,《战争与和平》的第一个英译本于1887年由翻译家克拉拉·贝尔(Clara Bell)根据法文译出,而王尔德这篇文学评论发表于1886年,早于最早的英文译本。王尔德虽然不喜欢写实派艺术,但他还是对托尔斯泰这部作品做了高度评价,并把它介绍给了英语世界。本文于1886年11月首发于《蓓尔美尔街报》(*Pall Mall Gazette*)。

作为俄国第一代小说家,托尔斯泰一直在欧洲享有盛誉。屠格涅夫去世后,在俄国他几无匹敌者,但直到今年,《战争与和平》这部托尔斯泰最负盛名的小说,才在英语世界与大家见面。托尔斯泰本人已多年不写小说,我们英国在翻译出版他所有名满天下的小说之前,就已经有了他的精神自传的两种译本，这真是英国人严肃认真之性格的一大成就。《战争与和平》一书有 1200 多页，每页又都印得满满当当。小说之长度与其情节复杂度和人物数量关系密切。这部小说并不是个组织严密的有机体，因为作者是写实派作家，而且在写实派作家眼里，不去构建缜密情节，恰恰是创作天才的明证。在众多角色中，三男三女值得单拉出来着重一提，而在这六人中，皮埃尔和娜塔莎则是重中之重。皮埃尔这类人在很多国家都能见到，如果仅就俄国小说来说，在俄国这类人更是常见。疲沓拖沓、享乐主义。此外，他还有种见识：对自己人生的荒唐毫不知晓；又有种美德：对有价值的生活毫无渴望。年复一年，他困惑着自己到底想要什么。作为别祖霍夫伯爵的私生子，他步入社会时可没什么光明的前景，作为一个愚蠢的观点奇怪的绅士，他不太受周围人的喜欢，可他也人畜无害。出乎意料的是，因其父亲之死，他突发一笔横财，更出乎意料的是他一夜之间成了全世界的偶像。他与一个上层社会的美丽女子联姻，但那位女子看不起他，也不尊重他。此生中他第一次得知欲望的空虚，于是他到共济会里寻求慰藉。他想要实践教义中规定的那种无私与纯洁，他自己付出很多代价，对他人却也没什么好处。然后，当他发现共济会的同胞与正常人也没什么区别时，他又重新堕落到了自己那奢侈而放纵的生活中。直到拿破仑一世入侵俄国，他的精神世界席卷在战争的浪潮里。始于好奇，后来受爱国主义信念激励，皮埃尔卷入了战争的旋涡中，不得已成了历史的亲历者，而非人生舞台上的演员，不得已感受到了那罄竹难书的罪恶和苦难。在这场国家与个人苦难的淬炼中，他洗心革面，开始相信，人生的抚慰不在感官享乐中，也不在宗教慈善中，而在一种笃定的安宁中。在和战争世界切断联系后，他开始准备与娜塔莎的结合。娜塔莎也是一个在溺爱中长大的孩子，感情丰富，充满激情，容易发怒，生活中麻烦不断。在她的感情世界中，她感受到了皮埃尔那种简单和友爱的魅力，正如同皮埃尔感觉到了她那种热切发光的情感世界的魅力。当他们喜结连理，《战争与和平》的故事也就临近尾声了。

但这本书的魅力不只在男主人公和女主人公身上。许多其他人物，尽管给予的篇幅较少，但其重要性与皮埃尔和娜塔莎相差无几。与娜塔莎不同，玛丽娅·保尔康斯基是被动顺从的，带有原始的宗教性虔诚的人物类型。玛丽娅的哥哥安德烈公爵，也与皮埃尔不同，是一个严肃而带有忧郁气质的学生，感情非常丰富，却不善言谈，充满他自己都不相信的、不切实际的希望和渴求。而娜塔莎的哥哥尼古拉·罗斯托夫与娜塔莎的差别就像安德烈与玛丽娅的区别一样大。他是非常善良，却略显平庸的年轻男子，有时犯傻，但总是交好运。这些不太重要的角色有一大群，在很多场景中，他们渐次出现在我们面前。作者不惜笔墨描写他们的痛苦和思想。他以一个冷静而认真的批评者的态度，描写了整个社会。他所描写的时代的讽刺意味和巴尔扎克所处的时代不相上下，但他并不刻意表现出攻击性。与之相反，他理解并尊重人心中的善意。他在我们面前展现了俄罗斯家庭生活中令人喜爱的方方面面，父母和子女互敬互爱，父母溺爱孩子，孩子也敬重父母，还有各式各样的小名昵称，各式各样的关怀，很多火炉边的小玩意儿。他向我们展示了一个人到底能具备怎样的勇气和善意，即便这个人是上百个农奴的奴隶主，即便这个人听命于一个无休止的暴君。但他也不想给这一潭死水以及其中的腐败做任何伪装。他乐于呈现专制君主世界里的所有阴暗力量，并尽其所能地否定一个专制君主的意志。他自由地批判着帝国的臃肿统治。托尔斯泰的主要目的不是对人物进行褒贬，而是要充分描绘独特的俄国人形象，他们非常冷漠，有时却易于激动，激动之时会突然呈现出英雄主义的狂热，或虔诚的自我克制。他们并非不能欣赏西方国家的文化，但几乎总是不情愿去信任它们——相反，他们总是要鄙视西方国家的文化。他们热情地效忠一些机构，即便是压迫性的机构，他们会努力扩大国家和集体的利益，哪怕与个人的幸福无关。在对社会现实、历史运动和军事战争的描绘中，托尔斯泰向我们展示了所有俄国真相，甚至比我提到的三个层面还要丰富。而从中获得了对俄国丰富认识的外国人，也就都欠了托尔斯泰一笔巨债。细细品味后，可以发现托尔斯泰对军事生活的描述是异常生动而真实的。像埃尔克曼和凯特里安[1]一样,他能感受到士兵心脏的跳动。从勇猛的卫兵到沉迷兵法的呆子,从紧张的因第一次小型军事冲突而颤抖的中尉,到身强力壮却在战争会议中打瞌睡的将官,几乎所有类型的军事人员都被栩栩如生地刻画出来。

---

[1] 法国作家埃尔克曼(Émile Erckmann,1822—1899)和凯特里安(Alexandre Chatrian,1826—1890),两人合作完成了许多涉及军事内容的历史小说。

第三辑

生活的艺术

谈谈服装

[导言]通过如今流传下来的一些王尔德的照片，我们能够看出，作家本人是个十分讲究自我修饰的人。王尔德对着装搭配有一番独到见解，在旅美演讲期间（1882），他也多次谈到这个问题，不过这些论述当时都混杂在谈家装、绘画、文学的演讲文字里。本文特意将王尔德谈服装的一些段落摘录出来，整合成一篇文章，以便读者更好地理解王尔德个性化的服装美学。

衣着搭配本该是教育的一个重要环节，在今天，有太多烂衣服和瞎搭配让我们扫兴了。如果不是因为13、14世纪的华美服饰，威尼斯艺术的卓越之处也就荡然无存了。而当代的服装造型中，却没有什么能够像13、14世纪那样，给艺术家提供优质模型和素材的了。我几乎不敢给现在真正的雕塑家什么建议，当被问及现代雕塑作品的时候，他们的创作思想肯定都是自杀式的。对服装的冷漠和糟蹋是最能象征道德滑坡的了：

人们花在现代服装上的钱，纯粹是一场宏大而奢靡的浪费。

人们不该穿得太黯淡，以至于把美好的环境都糟蹋了。总的来说，今日的服装风尚色调太暗，我们应该让自己穿上色彩更丰富、更明亮的衣服；应该体现出优雅、平衡的亮色与暗色的搭配。如何让我们的服装更时尚？答案是：色彩越多，欢乐越多。我想，未来的服装一定会用上更多的垂褶布，也会充满欢乐亮丽的颜色。

如果没有奇妙诉求或独特用途，一些附加元素就不该出现在一个人的衣服上；服装之美在于简约——今日流行的各种没用的累赘的蝴蝶结、荷叶边儿、奇怪的纽扣和其他不明所以的装饰，都是裁缝的愚蠢发明，除此之外什么也不是。所有现代服饰的罪恶都源于这样的事实——人们不像艺术家一样打扮自己，而都像裁缝那样打扮自己，要知道，裁缝的主要诉求可不在更有艺术感，而在于让腰包更鼓。

紧身内衣非常丑陋，而且有损健康。所有的衣服都该仿照人体的轮廓设计——衣服应该很自然地就能穿进去，并显示出自然的身材线条。任何破坏自然线条的衣服都是丑陋的，因此，解剖学和艺术知识对服装制作同样重要。如果从卢浮宫的

王尔德,1882 年摄

雕像基座上把美第奇家族的维纳斯取下来，放到沃斯先生[1]皇家宫殿的住所里，再戴上一顶法国女帽，那么任何造型美感就都烟消云散了，也再没人会欣赏这个雕塑。

当你翻阅一本本服装杂志时，你会发现，人穿得最简约的时候也就是最美的时候，古希腊的布料便是最早的美丽形式之一，对女孩来说，这是最简约、最精致的了。此外，我想，我们得理解对查理二世时代服装的热情，它们确实漂亮，尽管是骑士们发明的，但还是被清教徒模仿采用了。那个时代的儿童服装也不能被忽略掉：对小家伙们来说那可是个黄金时代；我不觉得任何时代的小朋友比查理二世时代绘画描摹的小朋友更美。女性则最好学习威尼斯女士曾经的穿着，和受它影响产生的种种款式。如果你们想穿更现代的服装，上个世纪的英国服装也是非常典雅优美的：这可以从约书亚·雷诺兹[2]爵士和盖恩斯伯勒[3]的绘画中找到。这些画里的服装没有怪异之处，充

---

[1] 指查尔斯·弗雷德里克·沃斯（Charles Frederick Worth，1825—1895），英裔法籍时装设计师，巴黎高级时装行业的缔造人之一，1858年，他在巴黎德拉派大街开设了自己的时装店。后来"WORTH"成为一个重要的时装品牌。
[2] 约书亚·雷诺兹（Joshua Reynolds，1723—1792），英国画家，擅长人物肖像画。
[3] 盖恩斯伯勒（Thomas Gainsborough，1727—1788），英国画家，尤其擅长肖像画与风景画。

俄国宫廷裙装,沃斯作品,
约1888年

礼服,沃斯作品,
年代不详

《乔治·克里夫和家人以及印度女仆》(George Clive and his Family with an Indian Maid),约书亚·雷诺兹,1765 年

满和谐与美好。在着装上，人不应有任何异常癖好，有品位的男人或女人应该让自己的着装整齐体面，这样不仅不会被大众反感，还会受到高雅人士的称赞。

在所有丑陋的服装饰品中，没有什么比人造花更糟的了，我确信你们中没人会佩戴它。同样，你们也最好别佩戴任何现代珠宝，因为这些珠宝的设计就没有一个好看的。现在的帽子可真是一言难尽，我对它的愤慨难以抑制，但我得控制言辞，别骂得太狠。现代的帽子是一种不合理的存在，一种怪诞的存在，丝毫不给佩戴者一点便利：夏天不遮阳光，冬天也不挡风雨。上世纪的那种宽边帽子是最合理也最有用的了，世界上没有什么比它更优雅可爱。我们已经失去了让斗篷顺着身体悬垂而下这门艺术，甚至放弃了带褶皱的斗篷，穿上了既不自然又不美观的夹克。换个角度说，斗篷也是最简约而美观的设计，永远都悬垂得那么优雅。

如今的衣服穿着很不舒服，恰恰是由于我们的时尚每三个月就变一次。所有美好衣装的美本来都应该是持久的，一旦这种美得以保持，你在消费上也就省钱了。当今时代，我们遭受服装商的折磨，听女士们炫耀说她们每件衣服只穿一次；而在过去，若一件衣服用了漂亮图案和精美刺绣来装饰，女士们会很自豪地把它拿出来一遍遍穿，且会把它们当作珍宝传给家里的女孩。我相信，现在的丈夫和父亲在被要求为女士们的购物筐买单时，这个传统会得到他们的赞赏。

那么，男性又该如何着装呢？好多男人说他们不关注自己穿得如何以及该怎么穿，认为这只是小事一桩。我有责任对他们说，这是错的，穿衣这事儿并不简单。男士通常穿黑色、醒目的灰色和棕色衣服，仅仅因为这是一种穿衣习惯。但他们的衣着可一点儿也不美观，设计上显得漫不经心，缺少风格样式的和谐感。在我经历的美国旅行中，我看到的仅有的穿着考究的男人，就是西部的矿工。我打心眼里看不上第五大道上的花花公子们，看不上他们花花绿绿的装点。矿工们的宽边帽子遮住了脸，以免被雨水淋湿，而斗篷是迄今为止人类发明的最漂亮的一件服饰，有了它，矿工们就可以骄傲自豪地继续干下去。他们的高筒靴也很明智、实用。他们只穿舒适的衣服，因此也很漂亮。我看着他们时常不无遗憾地想，如果这些着装美如画的矿工们有一天发家致富了，他们大概也会穿着各式各样令人讨厌的现代时髦衣服，去东方国家旅游消费吧。说起来，我已经开始担心这件事会发生了，以至于我禁不住抓住一些矿工让他们向我保证，当他们在更拥挤的东方文明中旅行时，他们仍然会继续穿着他们自己可爱的服装。但我猜测，他们大概不会听我的。

其实上个世纪的男性服装就非常优雅美观，绅士们可以学学乔治·华盛顿高贵美丽的着装，就像那个时代的其他美国绅士一样,这个勇敢而伟大的人物穿衣服是很有品位的。男人应该多穿天鹅绒材质——灰色、棕色或黑色都好,因为它能吸收光线和阴影,宽大的衣服正是因为不能吸收光线而显得很难看。在街上走会让裤子变脏,因此及膝裤看起来更舒服、更方便、更容易对付泥泞的情形;高筒靴也很适合在泥泞的街上穿,而矮帮鞋和丝袜应在客厅穿。最后请再次牢记呀,穿斗篷吧,别穿大衣啦!

美味佳肴

[导言] 19 世纪 80 年代,王尔德写下了大量的报刊评论文字,《美味佳肴》(*Dinners and Dishes*)正是这一时期的作品,是王尔德对《美味佳肴》(*Dinners and Dishes*, Wanderer, London: Simpkin and Marshall, 1885)一书的评论,本文于 1885 年 3 月首发于《蓓尔美尔街报每周选粹》(*Pall Mall Budget*)。

人可三日无食,不可一日无诗,这是波德莱尔的名句;人可无音乐美术,但不可无美食,这是《美味佳肴》(*Dinners and Dishes*)一书作者的看法。毫无疑问,如今大家肯定更喜欢后一个见解。在这个堕落的时代,当面对蛋卷与颂歌,或火腿与诗篇时,谁还会在两者间犹豫不决吗?我这个立场可并不是个庸俗的立场,因为美食本身也是一门艺术。大学里不也开美食课吗?皇家学院一年不也有一次大宴席吗?民主社会正在用它廉价的晚餐喂养我们每个人,所以,烹饪的妙道急需在这个时代进行发扬。一个国家的饮食若被毁掉了，或被搞错食用的季节了，或被错配酱汁佐料了，那么，一场可怕的大革命肯定会随之到来。

正是出于这个原因，我极力向大家推荐这本《美味佳肴》。读者们会很幸运，因为这本书言简意赅，短小精悍，没有那些滔滔不绝的废话。即便是谈论圃鹀这样的美味，相信也没人能忍受那种滔滔不绝的细致描摹。此外，这本书还有个亮点，就是它没有插图。一本有关艺术的书无须展现这个艺术作品的视觉美，但现在的美食书还常用羊腿的彩色图片装点门面，真是让人觉得颇为遗憾。

谈及本书作者的一些有关美食的观点，我表示，我不能更同意作者对意大利通心粉这个重要问题的看法了。他在书中说，我绝不给那些让我品尝"通心粉布丁"的人背书，通心粉是道回味无穷的美味，但它可配以奶酪番茄，却绝不能和糖或牛奶一起吃。作者还描绘了怎样做肉汁烩饭——这是一道在英国失传已久的美味，一道和多种沙拉酱有关的菜，非常适合让那些想象力局限于莴苣和甜菜里的主妇们学习，配着它，甘蓝也会更好吃一点。这么一配，还真配出了一道大餐！

不过，今日我们每人在饮食中所面对的困难，都不只是缺少对厨艺的研究，或遇到的厨子太过愚蠢。在这本实践伊壁鸠鲁主义的小书里,英国那些专制、独断的厨房都被置于聚光灯下。英国人对蔬菜无知,热衷于加工食品,除了肉汁配胡椒之外,做汤技艺极度欠缺,野鸡配面包酱这种屡教不改的吃法也大行其道,所有这些对美食犯的罪,都由本书作者无情地揭露出来了!不留情面而且义正词严!英国厨艺就像个傻女人,犯错无数,是该大破大立了!

我们这位作者在饮食上不是本土主义者,他曾周游世界:在维也纳吃烤鸡,在圣彼得堡嚼馅饼,在罗马尼亚吞下水牛肉,下午1点在德国人家里吃午餐;他和大仲马有类似的爱好,可以对灵白块菌的烹饪法滔滔不绝;他可以在东方俱乐部宣布,孟买的咖喱比孟加拉的更地道。这么说来,除了美式野餐之外,他已经遍尝世界美味。那么,他应该马上对美国美食进行学术研究。在美国,美食家若是懂哲学,可供他研究的领域可就太多了。波士顿的豆类食物常被人误解,所以被淘汰了。但是美国的软壳蟹、淡水龟、野鸭子、小蓝鱼,还有奥尔良的鲳参鱼,都是味中极品,尤其是,如果你能在德尔芒尼科(Delmonico)本地饭店尝到这些美味,那就更别致、惬意了。美国最著名的两个地方,便是德尔芒尼科的饭店和约色米特(Yosemite)的山谷。德尔芒尼科的饭店在英美友好往来上起了重大作用,其贡献甚至超过了本世纪其他任何重要历史事件。

衷心希望"漫游者"（wanderer）早点去美利坚大地体验一番，然后为《美味佳肴》续写新的篇章，这样一来，他的作品在英国会更有价值和影响的。哎，马铃薯有一百种做法，鸡蛋有上千种做法，但截至今日，英国厨子们却只精通其中三种！

雅 室

[导言]本文是王尔德美国旅行期间（1882）的一份长篇演讲稿，在芝加哥演讲时，最初名为《论室内室外装饰》(*Interior and Exterior House Decoration*)，后改为《雅室》(*The House Beautiful*)。这篇文章的原文定本没有保存下来，后由凯文·欧布莱恩（Kevin O'Brien）根据当时的报纸报道和王尔德相关手稿整理成现在的版本。本文集中体现了王尔德的家装美学。

在女性备受尊崇，并获得其应有地位之时，装饰艺术便蓬勃发展起来。史上最令人震惊的事情之一，便是我们的艺术从没像今天这么精致、这么优雅过。这自然是女性得到尊重后的产物。相反，在女性不被尊重的国度和时代，好的装饰艺术作品也就不会产生。正是因为女人天性爱装点房间，装饰艺术的发展也就获得了持续的动力和鼓舞。女性在艺术方面天赋异禀，男人却需要博学苦读、千锤百炼后才能达到相同的水平，所以女性理应承担这个任务：复兴装饰艺术，助益真实健康的生活。

我希望你们把房间装饰得更美丽优雅，但我并不是让你们为此多加花费。艺术一点儿也不需铺张和奢靡，而要精心采购物品。不必太贵，但要给观赏者以愉悦，就像它给制造者带来的愉悦那般。我不想对那些"富可敌欧洲"的人废话，而想给那些财力有限、出手未必大方，但意愿足够强烈，一直对艺术价值和美感有讲究的人建言献策。

自然造物没有琐屑或寒碜的东西，天才能通过巧妙方法给简单素材赋予风尚和造型，有点石成金、化腐朽为神奇的功效。艺术博物馆中最价值连城的古玩只是一只小陶壶，古希腊女孩拿着它从井里舀水，它由我们每日踏在脚下的普通泥土塑成，而如今那些恐怖的现代派艺术中心里的银质艺术品则都像那种"变形的骆驼"和"电镀的棕榈树"。为何小陶壶价值连城？为何它比那些现代艺术品更有魅力？

如今，腰包最鼓、艺术品位最好的人也不能让他的理念与艺术合而为一。因为他没法避开我们时代丑陋的艺术环境，他也只能买到那些常见的粗劣艺术品。除非我们求助于工匠，把人和艺术之关系的更高妙的视角赋予他们，揭示给他们艺术召唤的无限可能，否则艺术便没法进步，因为艺术发展面对的最大难题不是缺少对艺术的品位，而是缺少对艺术的挚爱，缺少对手艺人足够的尊重，不能如其应然那般地承认他们。所有艺术都应该从尊重手艺人开始，应该恢复手艺人的正当地位，让其劳作——那是一种最光荣而高贵的劳作。

也该建立装饰艺术院校，在那里教授好的艺术设计品位和简洁的艺术法则。工匠有关于工艺的丰富的技术知识，这会使他向学生传授艺术实践法则时非常从容。这个学校还要与制造业和商业建立直接的联系。若制造商需要一个新款式的地毯或墙纸，他会来到这里，给他想要的精妙设计报个价。这样一来大家便都会知道：用艺术的方式建造和装饰房屋更物美价廉。

在装饰问题上，最重要的是，任何艺术谱系都该有它鲜明的个性；对于住宅装饰，我们很难制定统一的法则，因为每家人都该把自己的家营造出独特的氛围。但如今，这种个性诉求很大程度上已经被托付给了室内装修商，因此许多住宅变得千篇一律，不值一看，因为房屋装饰本该展现出居住人自己的感受啊。不过，一些普遍的艺术法则还是值得留意一下，以便备足空间，展示个人品位。首先，就你的房子来说，如果造房子的人在建造过程中感觉不到悠闲，那么住房子的人也就感觉不到快乐。其次，在你的房子里不该有无用之物和丑陋之物。如果你遵循了这个原则，你会感到惊讶，竟然有这么多毫无用途的室内垃圾可以被痛快地扔掉。

不要用一种材料假冒另一种材料，例如用纸模仿大理石纹路,或把木头漆得酷似石材,也不要摆放机器造的装饰品。一切物品宁可毫无装饰感,也比机器制造的好;装饰应该体现一个人的生活感觉,此机器所不能为也。顺便说一句,一个人若只用自己的双手工作,那这个人也就和机器几无差别了。

关于房屋材料:如果你很有钱,可能会选用大理石。对此我没意见,但也别把大理石当成普通石头,用它建造一座几个大白块的房子,像那些在这个国家常见的又大又白又亮的建筑那样。我希望你能雇用称职的工匠,对大理石进行微妙的雕琢,这样就能得到全镶嵌的彩色大理石了,好似把威尼斯的色调和暖度赋予了它一般。下一个关于石头的建议是:石头的自然色的运用是好建筑的标志之一。我们国家为使用五颜六色的石头提供了很大的方便,从淡黄到紫色,从红色到橙色,从绿色到灰色和白色,对其加以挑选搭配,便能达到美的和谐。此外,记得要把画家的作品放到内室去。

造房子若无大理石或彩石可选,还有红砖或红木可用。红砖看起来温暖愉悦,对于囊中羞涩的朋友,它的形式最为美丽简单。在英国我们用红砖造房子,从都铎王朝到乔治二世统治时期,富丽堂皇的住宅都为普通砖房提供了很好的设计模板,方砖让我们方便用陶瓦做外在装饰,这是所有外在装饰中最好看的了,它只有伦巴地区的价位,却是一种今日英国致力于重新发扬光大的建筑材料。

木头是用途最广泛的材料。我喜欢木建筑，但我希望它们表面的图案能被绘制得更好。你应该使用暖色调在木头上进行彩绘，如今白色和冷灰色被用得太多了。木头做的大家伙看起来效果并不好，雨天显呆板，晴天太刺眼。模仿大自然中能见到的深棕色或橄榄绿才最好不过。木屋如果带上建造者自己的情调看起来便更显美妙。每个小孩都该被教会木雕技术，而且我建议在城市里造一所学校，不干别的，只教木雕技术，即便对瑞士贫穷的放羊小孩来说，把时间花费在学习美妙的木雕技术上，总好过读那些令人作呕的小说。美国人也该学木雕技术，今天他们不再发展这项技术了，我对此深感痛心。

任何装饰品都该被精雕细琢，不要用生铁做装饰，也不要用任何丑陋的工业流水线制品。可别在房子外边弄铁栅栏，小孩兴许会把它们拆了。我想对这些小朋友说：你们干得漂亮，因为生铁栅栏看起来可真是又便宜又寒碜。如果可能的话，请用铸铁制品吧，在这个国家包括生铁制品在内的所有的金属制品里，没有什么是高贵的、美丽的，我们甚至连意大利落后地区的铸铁球的锻造水平都达不到，真是可耻啊。老式风格的维罗纳铁制装饰，是用贵重金属手工打造出来的，又美又结实，和三四百年前技艺高超的工匠的手艺难分伯仲。最后，再说一句，你家大门上那黑铅门环，赶紧给我换成明亮一点儿的铜做的吧。

再说说室内：客厅别贴壁纸，因为我们常开门或关门，这时客厅的墙壁会呈现在我们眼前。用美式的漂亮木材做壁板比较合适，例如枫木，或用普通涂料涂一涂也行。地板会让房间显得更温暖，任何工匠都能轻易做到这一点，而且这为镶板绘画技艺的施展提供了空间，这是人们更渴望的一种装饰风格，如今，人们对它的喜爱程度日益增长。

地上别铺地毯，一般的红色砖瓦就能让地面显得温馨美丽，如果能用现在那种几何排列的瓦片就更好了。客厅里别挂画，因为挂一幅好画，地方不够，而一幅不好的画，本就不该"留"在这个世界上。只是一个来回走路的地方嘛，除非你的房子是个宏大的宫殿，否则任何画都不该挂在客厅里，因为就算挂在那里，你也没有时间坐下来对着它细细端详、把玩和鉴赏。

我觉得衣帽架还是要有的。但我从没见过那种真正好看的衣帽架，一般的衣帽架呢，看起来像一场恐怖的灾难，而且没有一点用途，体现不出一丝优雅，或许还是房间里最丑的东西。大的带纹理图案的橡木箱用来放衣物最是合适。放帽子的话，用木制的漂亮的衣帽钩，挂在墙上那种，由轻质木头或竹子做成，这样就最好不过了。走廊里的家具，只要有几把大椅子就成。在客厅里，以及任何玻璃箱子里，都别放那些阴暗恐怖的玩意儿，动物标本啊、鸟类标本啊什么的。我在美国见到的这种尺寸的大平面的大理石桌子也不该有，除非大理石内部纹理本就很美丽，且雕上了仿木纹。

再谈谈房屋的总体构想吧：在美国，装修界最大的败笔，就是缺少颜色的和谐和固定的配色方案。有很多好东西单拿出来很漂亮，放到一起就不那么像一个和谐的整体，颜色有如音符，一种错误的配色或一个错误的音符会毁了整个艺术品。因此在装修房子时，一个主色调应该居于支配地位。装修前就该确定好配色方案，其他的都围绕着总方案来，就像交响乐中的配乐一样，不然的话，你的房间可就成了颜色博物馆了。谈到颜色的选择，据说新派装饰艺术的原则比较倾向灰暗的色调。好吧，暗色调的确该被重视，因为所有的装饰方法中，颜色都是渐渐增强的，明亮的色彩该被留下来作为装点。墙应该用暗色，天花板应该用亮色；比如东方的刺绣图案就充满了明亮的颜色。先用一种暗色调作为打底色，接着营造出刺绣式的图案来，并点缀一些颜色效果，这样一来，主色调的魅力也得到了彻底释放，这种感觉就像用暗色衬托宝石。如果你的整间房屋和房屋里的所有东西都用亮色的话，房屋的视觉可能性就被榨干了，其他可能的颜色效果也不复存在了，住在这样的房子里，你肯定想对这些装饰品放一把火，将其付之一炬。一切都依赖于颜色的渐变。好好看看玫瑰花吧，看看它的全部的美是怎样依赖那精妙的颜色分层的，是怎样依赖一种颜色和另一种颜色的交相呼应的。

惠斯勒[1]先生最近在伦敦装饰了两个房间，都那样赏心悦目。一个是著名的孔雀屋，我认为它的颜色搭配和装饰技巧都炉火纯青。科雷吉奥[2]在意大利画的那美妙的墙绘，画面逼真，仿佛有小孩在墙上跳舞一般。迄今为止，惠斯勒先生的杰作是唯一能和科雷吉奥的作品媲美的了。房间里每样东西的颜色都是孔雀羽毛颜色中的一种，每一部分的配色都与整体相协调，灯火通明时，整个房间看起来就像孔雀开屏一样夺目。装饰的总花费共计3000英镑。在我离开英国之前，惠斯勒先生还装饰了另一个房间，那个充满蓝色和黄色的早餐屋仅花费30英镑。所有的墙壁都涂成了蓝色，天花板是明亮而温暖的黄色，地面铺上了着色很重的亮黄色垫子，间或夹杂着一些蓝色的树叶或线条图案。木座位应该是黄色的，架子上放满了蓝色和白色的瓷器。用哔叽布做的白色窗帘，有好看的黄边儿，挂的方式显得随意，但窗帘褶皱优雅美丽。当早餐桌摆进房间时，亮色桌布搭配优雅的蓝白瓷器，老式的南京瓷瓶里的红黄菊花放在中间，真是间赏心悦目的屋子，捕捉了所有暖色的光线，让周遭都显得漂亮起来，给客人一种愉悦舒适的感觉。一切都不

---

[1] 惠斯勒（James Abbott McNeill Whistler，1834—1903），19世纪美国画家、装饰艺术家。
[2] 科雷吉奥（Antonio Allegri da Correggio），意大利文艺复兴时期艺术家。

孔雀屋（The Peacock Room）

孔雀屋(The Peacock Room)

该太简陋，这样做其实花费很少，但足以证明其实只要有简单的颜色，便能实现极好的装饰效果。

一个设计师应该对颜色多加想象，多加思索，多加观察，也应该告知工匠，允许其更加自由地配色。但前提是告诉他们什么是美的颜色，什么是好的配色。即便在想象性艺术中，色彩也应该被放在主导位置：一幅画首先应该是一个涂满颜色的平面，向观赏者展现出令人愉悦的效果，如果没能达到这一目标，毫无疑问，这就是一幅糟糕的画，艺术的目的本就是让生活更加愉悦。

你应该在你身边找到惠斯勒先生这样的人，让他教给你颜色的美妙和愉悦。当他画一幅画的时候，他不参照物体，那过于理智了，他只参照色调。有一次，在一位优秀的批评家面前，我向惠斯勒先生提到，只用一种颜色能干点什么？批评家选择了白色，并做出几种感觉来。惠斯勒先生则画出了一组美丽的"白色交响曲"，毫无疑问的白色交响曲，你可以想象一下，那是一件多么巧夺天工的作品。不只如此，想象那冷灰色的天空中布满白色的云朵，灰暗的大海上点缀白色的波峰；在灰色的阳台上，两个少女穿着一身白衣，靠着栏杆，画面层次分明。一棵杏树开满了白花，立于阳台边，在那里，一位少女用她白皙的手拈着花瓣，手掌仿佛在沿着画布微微震颤。这样的画和那些糟糕的历史题材画比较起来，简直是云泥之别。这儿没有过多理性主题的烦扰，也不包含那么多玄思冥想，对那些东西我们早就受够了。只有简单的颜色能准确地敲响艺术的主旨，所有的概念都愈发鲜明了。我毫不怀疑美学运动给世界增加了对颜色价值的理解，假以时日，一门新的处理颜色的艺术科学将会发展起来。

还是回到我们要装饰的那间具体的房屋吧。如果屋里有太多笨重的家具，墙上的艺术设计就应该丰富一些；我们国家房屋的墙上不该只挂满挂毯，同理，也不该有太多壁纸，无论如何都别用白色或金色的壁纸。要把墙壁分为两个不同部分，从地面到檐口这个区间，或自下而上让墙裙和壁纸搭配装饰，或自上而下让装饰带（freize）和壁纸搭配装饰。但不建议两个都用，除非你家的墙非常高。你肯定想要把趣味盎然的壁纸贴在墙上，上面印满了花纹和令人喜悦的图案，但是墙裙上不该贴壁纸，它应该或者用木头做成，或者用一些由日本传来的漂亮垫子做成，这样才能实现它的实用性目标，也就是说，防止墙的底部或者暴露在外的部分被触碰或被家具划伤和损坏。檐壁上也不该用壁纸，应该涂漆，然后墙壁上剩下的部分就可以用壁纸了。

谈到天花板：天花板永远是老大难的问题——对这么一大块涂满白色涂料的区域，我们能做什么呢？别贴壁纸，那会让人觉得仿佛活在纸匣子里，很难受。天花板应该细分出纹理，

《白色交响曲,第1号》(*Symphony in White, No. 1*),惠斯勒,1862年

《白色交响曲,第二号》(*Symphony in White, No. 2*),惠斯勒,1864 年

《白色交响曲,第三号》(*Symphony in White, No. 3*),惠斯勒,1865—1867 年

以便光线能在上面打出效果而非呆板地躺在那。如果你有一座马上要造的房子，那么和施工者谈谈，让他把天花板的主梁暴露在外面。它带有一种稳定感和支撑感，如果在它们中间配上镶板或石膏装饰，就会产生赏心悦目的效果。谈到天花板的装饰，最好用老式的石膏板，而不是新式的石膏板——那种天花板干得太快，也白得太刺眼；安妮女王时期好看的老式石膏板，通常设计得很精妙，有种更细致、可塑感更好的质地。它们要等很长时间才能干，所以人们有足够的时间给它塑形。如果不能用石膏板，那么天花板最好用木材镶嵌，中间配上图案或印花皮革。如果连横梁或其他木作都没有，那就把屋里的主色调用在天花板上，但不管怎么着都别贴壁纸，在贴了壁纸的天花板上，光线也变得死气沉沉、没有生机，显得呆头呆脑。

在房屋中间不要放那种明亮如火的枝形煤气吊灯。它在点缀和美化房间方面毫无用处，哪怕有用，6个月后煤气灯变色，会把整个屋子的感觉都毁掉。另外，不要有任何直射人眼的光，室内应该被反射光而非直射光来照亮。如果你一定要用煤气灯，就把它装成壁灯照亮房屋，每一束火焰上都应该覆盖精致的遮盖物，或直接把它们用屏风挡住，这样光线就可以营造"洗墙"的效果。台灯和蜡烛的效果更好，因为它们光色更柔和，适合阅读的时候使用，不仅不破坏任何装饰效果，而且比煤气灯更漂亮、更健康。

至于地面，不要把地毯铺得到处都是，因为没什么东西比现代地毯更不健康或不卫生了，地毯会吸灰尘，而且你不可能一直符合卫生标准地使它保持干净。正如在其他所有事情上一样，在这一点上艺术法则和卫生法则也要齐头并进。最好在房屋的两侧使用镶边地板，在中间使用地毯。如果内嵌地板或有色地板不实用的话，就放上好看的席子，再铺上来自中国、波斯或日本的漂亮而实惠的地毯。

至于窗户，建筑工匠没有意识到一般光线和强光之间的区别，大多数现代窗户都太大也太刺眼了，看起来就像怕屋里人看不清外面的世界。通过这样的窗户，正常光会消失，刺眼的眩光进入房间，会破坏掉所有的休闲气氛，让人无法工作或体验到任何舒适感。每当你进入一个房间时，你必须把百叶窗关上。那种老式的小窗户的通光量绝对够充足了。如果你家里有大窗户，那就把其中一部分装上彩色玻璃吧，当然，我指的不是大教堂里出现的那种彩色玻璃——我建议你只使用浅绿的或灰的，上面有一些纯色的亮点，这样光线会更柔和，颜色会更愉悦，还有一种安宁的静谧感。

至于家具的风格，要避免使用古英式或哥特式。哥特式家具在这个国家太多了，虽然这个风格本身很好，比现代风格还好，但哥特式家具实在太过沉重和庞大了，以至于当它被我们这个时代所喜爱的漂亮事物包围时就显得不合时宜。哥特式家具对那些住在城堡里的人很合适,因为他们偶尔需要把家具当成防御工具,或把家具当打仗的武器。更轻盈、更优雅的家具风格才最适合这个和平的时代。伊斯特莱克家具[1]更为理性,更具现代感:它经济实惠,经久耐用,贯彻了伊斯特莱克先生的工艺理念。不过,它枯瘦冷峻,既没有精致的线条,也不是为高雅人士精心设计的。伊斯特莱克家具是哥特式的,不过没有哥特式的丰富色彩,而色彩丰富的玻璃装饰物放在哥特式房间里本来也不合适,因为它们会显得不合时宜。意大利文艺复兴式家具太贵了,而法国家具又太奢靡耀眼,是粗俗的怪物,而且用起来也太不方便。

在英国,最受欢迎的款式,也是最适合你的款式,就是安妮女王式家具。我不知道它为什么叫安妮女王式,它是在安妮女王亲政前一百年被设计并普及开来的,但是没有理由不用这个名字,就像世界上很多奇怪的名字一样。只要我们不被它的字面意思欺骗,真的以为它是安妮女王时期的就好。这些家具漂亮,但并非华而不实,它外表精致,却也很结实。这是一种很好的家具,是有品位的人做给有品位的人的家具。它非常适合我们家里陶器的风格,也适合我们的轻装修风格,适合我们的整个装饰系统,而且它就像任何意大利家具一样美观。这

---

[1] 伊斯特莱克(Eastlake)是当时比较流行的一种家具样式。

安妮女王式家具,书桌

种古老的家具在英国很多房子里都可以看到,它们仍然完好如初。让人最舒服的是,安妮女王式家具那看似笔直硬朗的线条,实际上是非常精致柔美的曲线,对称性很好。现代椅子的坐垫里面是一个巨大的铁弹簧,但安妮女王时期的坐垫是向后倾斜的,而且适配人的体态,能给人极大的舒适感,因此也就将舒适和美丽结合了起来。在色彩上,安妮女王式家具也是最美的:桃花心木和亮色黄铜的丰富色彩,捕捉了所有温暖的灯光,是所有设计中最令人愉悦的。今天的家具本该比昨日的家具更好,我们有改良的机器,有种类繁多的木材可以选择,但事实却并非如此。

我建议你采用安妮女王风格,但你并不一定要去英国买齐彭代尔家的。安妮女王式家具也可以在本地制作,为了这个目的,你们应该建一所优秀的设计学校。在这所设计学校里,学生们从事装饰和设计,不学习绘画,这样一来他们的作品很快就会装点到所有的房屋。年轻的设计师应该先在家具上练习装饰,这样的话在6个月时间内他们就能真正学会设计,并迅速给自己的作品赋予情趣。在巴伐利亚,家具之所以漂亮,仅因其颜色。瑞士人能把他们自己的房子装得很好,世界上其他地方的人没有理由不像瑞士人一样把自己的房子装得和他们一样好。但是陶艺需要更多的知识才能实现其效果,你必须对陶轮有很多了解:你必须实际了解烧陶的流程,涂釉过度或涂釉不足以及其他工艺流程的结果。

最好的艺术学校应该是一座博物馆,但里面展示的不是长颈鹿和其他可怕的科学爱好者希望看到的东西,而是各种简单的装饰作品、不同风格的家具和服装等。这些展品产生于不同的时代,尤其产生于那样一个时代——在那个时代,英国艺术家创造美好的事物,本地工匠和手艺人能够去学习那些伟大前辈设计师的风格和造型。一线工匠非常喜欢这样的学习方式:正如我在伦敦的南肯辛顿博物馆里见到的,每周六晚上,很多手艺人出现在博物馆里,拿着一个笔记本,收集着对自己接下来的工作有价值的点子。一座好的博物馆能教给艺术家的,超过他们在书本和课程中十年所学的。

你家里可能会有个壁炉架,也许你没有征求过别人的意见就随便弄了一个,它可能是沉闷冰冷的大理石质地的,上面有机器绘制的装饰图案,总是显得那么粗糙和笨重。在这种情况下,除了尽可能把它藏起来之外,你别无选择——你可以用席子把它遮起来,也可以用雕花木料,或者在壁炉架上再叠几层小架子,直到顶到天花板,然后在小架子上放上珍贵的瓷器或装饰品,再在架子的后面留出一个区域放一面小镜子。今天的体积很大的镀金镜子不仅昂贵,而且破坏了所有装饰的艺术尝试:镜子本来是要把光线集中在房间里的。这就是小圆镜的美妙之处。

你的壁炉不应该用高抛光钢来制作,也不应该有铸铁炉排,它们通常笨重而粗糙。荷兰人使用的陶瓷炉膛就很漂亮,我也很乐于看到健康的老式英国开放式壁炉。同时你的壁炉也应该配有红色砖瓦、铁制工具架、亮色的黄铜火钳和铲子。各种颜色都能被用在壁炉上:橙红、红色、黄色——让一切都充满色彩。

我见到的挂在美国人房子里的大多数照片都是乏味的、平庸的、俗气的。画要是不好看,那还不如没有。如果房子里有漂亮的画,就让其他装饰和画搭配起来;如果没有好的画,就让自己全力投入到装饰艺术上,例如用铸铜制造的灯来照亮墙壁。把盘子挂在墙上也是愚蠢的,因为小盘子应该放在架子上,而不要到处乱扔。很大的瓷器或很高级的日本盘子可以挂在墙上,并需要一种很有品位的想法对其进行排列组合,在晚上应用蜡烛而非煤气灯来增强美妙的气氛。

当然,你家里总会有刺绣,但我祈祷,别像洗衣服那天一样把什么东西都用刺绣品盖上。不要将刺绣与小物件搭配,要用精致的刺绣图案覆盖面积大的器物。好的刺绣品比你现在理解的刺绣要大一些:坐垫、窗帘、被套或每一个大物体的表面都应该用精致的刺绣品覆盖,但不要用丝绸,因为丝绸太鲜艳了。

我想,户主得有架钢琴,但钢琴可是忧郁的东西,不像别的，它更像一个可怕的葬礼上的棺材盒子。有些人会用刺绣品把钢琴盖起来，当然，如果钢琴走音了，或者一个人弹得本就不好，或者对音乐没那么喜爱，那就皆大欢喜了：因为刺绣品会完全破坏掉音色。真正爱琴的朋友们可是打死都不会把琴罩起来的。一些人会把瓷器或书籍放在钢琴上，把钢琴当成桌子来用，这可真是荒天下之大谬了。立式钢琴是形式上最好看的钢琴，它可以给镶嵌或彩绘提供很大的空间。在美国，首先兴起的钢琴装饰流派必定为装饰艺术开辟了新纪元。钢琴不该用红木制作，不该被刷得太亮，上面也不该放任何工业流水线制品装饰，而是要留出足够的可利用空间，然后用色彩把它装饰得更美丽。我如此反对工业制品，大家不要因此觉得我不够务实，事实上，我们谁也不想听机械音乐盒敲打出的柔美旋律，其他艺术也与此类似。机器的任务只是减轻人类的劳动而已。应该把与钢琴配套的旋转椅放到恐怖艺术博物馆去，然后用足够容纳两个人的座椅取而代之。

在你的屋里放点花吧，这很有必要，但别把各式各样的花都弄来，然后杂乱无章地捆成一个大花束。有些花，比如玫瑰或紫罗兰，它们的美妙在于其颜色，那么，就该把它们做成花团或花簇。但那些形状完美的花，如白水仙、黄水仙或百合，就应该单独放在一个小威尼斯玻璃杯里，这样它们就可以自然地呈现出来，如同它们挂在花枝上一样。

护墙瓦(Tile panel),伯恩-琼斯与莫里斯设计,莫里斯公司生产,1862—1865年

再说说玻璃：别让家里有被切割处理过的玻璃，它们太一般了，不仅用不上，而且坚硬锋利，线条也并不优美，可以弄些精致的吹制玻璃。我非常不喜欢美式晚餐餐具：纯白色的瓷器让人感觉太冷了，而现代的银制餐具则是很庸俗的设计。当有品位的人士走进现代珠宝店，却看到大量昂贵的材料在制作中就被这么糟蹋的时候，他们肯定会怒不可遏。桌子漂亮与否，有赖于桌上瓷器和玻璃品的品质和样貌。一套优质的长期使用的餐具，要配有日式的或蓝白相间的瓷器，并且要配有旧式的银器，直到你的工匠学会了怎么制作好看的新式银器为止。当然，桌子上最好也摆些花。

对于家里有老式瓷器的人，我也有几句话讲。很多人把老式瓷器锁在柜子里，然后全家人都用代尔夫特瓷器[1]喝水，没有比这更荒谬的了，如果你不能好好使用老式瓷器，不珍惜它，不能不损坏它，那么你也就不配拥有它。你所拥有的任何器物，如果用起来感觉美妙，那么就应该多用，或者让想用的人用。人若是用粗糙的家伙，自己的心态和行为也会变得粗糙起来：在旧金山的一个餐馆里，我看见一个中国劳工用一个非常漂亮的茶杯喝茶，茶杯漂亮精致得就像一片花瓣；而当我喝茶时，在一个非常高档的酒店里，成百上千的人却把工夫花在奢侈而

---

[1] 代尔夫特瓷器，一种荷兰产瓷器，通常是蓝白色。

怪异的茶杯上,那茶杯的杯壁得有 1.5 英寸厚。这些中国劳工根本就不会打碎瓷器,因为他们已经习惯携带这样的物件。你得多让你的仆人去熟悉、使用和携带这些精巧的玩意儿,以便他们能够将其保管得更安全也更妥善。在很长一段时间内,这么做会吃点苦头,但是,这是在为一个多么美好的理由吃苦啊。我在大学时就开始买威尼斯玻璃器具,我的仆人刚开始使用它们时,每天都会打碎一小块玻璃,有一个周日,他还把雕花玻璃酒瓶打碎了,但我还是坚持买这些东西,在大学接下来的日子里,我的仆人就再没打碎过任何东西了。

再谈谈画吧,我不想看到精美的画被画框糟蹋,出于任何理由都不行。我不喜欢那些高贵的、刻意的又闪闪发光的金色画框,不喜欢用它们来装裱精美的绘画作品。除非那幅画本身就适合金色画框你才可以用它,此外,在其他任何情景中,画框都应该简单明了,作为绘画和墙壁之间的一种辅助音色存在。金框油画应大张旗鼓地用丝绒带来悬挂,而水彩画和蚀刻画则应该用绳索悬挂起来。

把绘画作品整齐划一地排排挂,没有什么事儿比这更让人悲伤和难过了。你可以让 10 个或 20 个年轻女孩站在一起,你可以在台上用一些钢琴同时弹奏同样的旋律,但两幅画不应该紧挨着挂,它们或者让彼此黯然失色,如同谋杀;或者丧失艺术魅力,如同自杀。把它们整齐地弄成一排这件事,常让我怀

箱子，莫里斯彩绘，莫里斯公司生产，1861—1862 年

疑人类喜欢绘画作品究竟是为了什么。这些画配合着有巧克力色阴影的壁纸会有很好的效果,但墙上不要有几何图案,那会分散注意力。它们还应该被挂在隔板(ledge)上面,装饰带下面,也该在视线之内。在美国有种风气,人们喜欢把画挂在檐口的位置,这种不理性的做法一开始就吓到我了,我还没细细考察画本身的质量,光是他们挂画的法子,就让我感到,还是我国艺术传统更胜一筹。

别把名画的照片挂在墙上,那是对艺术大师的诋毁,没什么比看一幅画的照片更能让我们给这幅画差评了。我认为,我从没见过一幅称得上装饰品的照片,观赏一件装饰品,首先要观赏它的颜色,照片上没有什么颜色是符合装饰品需求的。作为礼物送人,那更是荒谬透顶,它们应该被放在友谊档案里,以证明你们的友情实在是不够深厚。绘画是各式各样色调的精美组合,雕塑是黑色和白色的巧妙搭配,照片啥也不是。很多现代雕塑很糟糕,木雕尤其糟糕。当然,蚀刻版画一贯是好东西,它们该被挂在墙上,或者镶上木框,放在架子上。大师级的木版画,像古斯塔夫·多雷[1]的那种,也值得镶上木框挂在墙上。

如果条件允许,每间房子都该有高质量的希腊雕塑仿制

---

[1] 古斯塔夫·多雷(Gustave Doré,1832—1883),19世纪法国著名版画家、插图画家。

品。没有什么比屋子里有件大理石断臂维纳斯更有益于房间气氛的了：如此纯净的作品一现身，再没有人会在房间里说低俗不堪的事情了。同样的道理，图书馆里若有些类似人像雕塑的仿制品，气氛也会好很多。

接下来聊聊书：一个老图书馆里的各种颜色是人们能想象到的最美丽的色彩组合之一。古老的色彩沉淀下来，书籍装帧很好看，毕竟这些美丽的书籍都是精心制作的。现代的书籍装帧是影响许多图书馆"颜值"的要素之一——书籍被印成千奇百怪的颜色。最好的书皮是白色牛皮纸，几年后它看起来是象牙色的，或小牛犊的颜色，随着年头的增加，它泛出金色光彩。当然你不可能把所有的书都重新包装一遍，唯一能做的就是用帘子把它们藏起来，直到一种比现代装帧方式更有品位的风格盛行为止。当我到达波士顿时，我发现我的老出版商从伦敦搬来了，他把我的诗用那些可怕的颜色印刷出来，而那些颜色本是我年轻时就试图呼吁抛弃的。我想，他原本可以饶过我的。

总体说来，艺术与道德是个什么关系呢？有时人们会说，艺术与道德彼此对立；但并非如此，恰恰是艺术在培育道德。战争爆发，军队冲突，人们在被践踏的郊野和被围困的城市里相遇，一个帝国会随之崛起，这些事情一定永远存于世间。但我认为，艺术在不同国家间创造了一种共通的精神氛围，即便它不能给世界带来和平,至少也可以使人们彼此称兄道弟,使他们不至于像在欧洲发生的那样,只为某个国王的心血来潮,或因某个大臣的愚蠢决策就互相残杀。博爱不会因该隐[1]之手而无法到来,自由也不会借无政府主义的形式去背叛自由本身,因为,在最没文化的地方,民族仇恨才最强烈。

没有任何一个时代,比我们这个时代更需要一个负责艺术精神的专业部门。没有任何一个时代,比我们这个时代更需要艺术家和对美的热爱,以缓和、对抗那坚实的物质主义。在当今时代,科学已经声称反对人的灵魂属性和精神属性,商业为了更多利润,污染了美丽的河流、广阔的牧场和闪亮的天空。艺术家作为自然的先知和牧师出现在世上,以反抗这一切,反抗这个物理世界中把人性的伟大、高贵和美好描绘为淫荡变态的观点。艺术有益于人类的信仰,如同阳光般无远弗届、闪闪发光。

因此,去创造一种源于人民的双手的艺术,为人民的快乐服务的艺术吧!艺术将会成为民主的艺术,它会进入人们的房屋,把最简单的室内物品也变得美好,因为在日常生活中没有什么是卑鄙琐屑之物,它们都会因你的触碰而变得高贵,因艺术的光辉而被净化和升华。

---

[1] 该隐,《圣经》中的人物,该隐在西方文化传统中通常被认为是恶人与杀人犯的鼻祖,是恶与杀戮的象征。

给美国人的装修建议

[导言]本文也是王尔德在美国旅行期间(1882)一次演讲的文本,侧重与美国人分享有关装修的心得,原名为"House decoration"。王尔德以类似的题目和内容在美国各地进行过多次演讲,已知同类主题的最早演讲发生于1882年5月11日。

在上次讲座中,我给你们讲了些英国艺术史。我想追溯法国大革命对英国艺术发展的影响。我谈到了济慈的诗歌,也谈到了前拉斐尔派的艺术。但我不想去庇护这场运动——这场被我称为"英国文艺复兴"的运动,不管它多么高贵重要,也不管它多么受人尊敬。实际上,它的根源要去已逝之物中寻找,而不像某些人所设想的那般,去一些年轻人的幻梦中寻找,尽管我确信,这世上没有什么事物比年轻人的幻梦更美好了。

上次我来到你们面前时,除了在百老汇大街和第五大道上看到的多立克圆柱(Doric columns)和科林斯式烟囱

（Corinthian chimney-pots）外，我未见过贵国的其他装饰艺术。打那以后，我去了五六十个不同城市。我发现，你们的人民所需要的，与其说是想象力高度发达的艺术，不如说是能把日常器物神圣化的艺术。我想，诗人会吟唱，画家会作画，不管世人之褒贬，他们都有自己的世界，独立于同时代人，但手艺人要看人们的喜好和意见行事。他需要你的鼓励，他要有美好的环境。你们的人民虽热爱艺术，但对手艺人却不够尊敬。当然，我不想给那些"富可敌欧洲"的人什么教诲，而是要给那些对艺术渴望强烈却囊中羞涩的朋友建言献策。我发现你们所有这样的人都有一个大毛病，就是你们不喜欢高贵精美的设计。你们不能于此处漠不关心啊，因为艺术可不是生活中可以随便排除掉的东西。它是人类生活的必需品。

可是，被我们称为"艺术"的美丽装饰，究竟意味着什么呢？首先，这意味着它对工匠有好处，意味着工匠在制造一件漂亮的东西时能得到乐趣。所有美好艺术的标志，不在于它很精确或很精准，因为机器可以做到同样精准，而在于要用工匠的头脑和心灵去完成它。在任何工作中，美妙而理性的设计都是很有必要的，这一点我再怎么强调也不为过。之前我不这么认为，直到来到你们国家，去了一些普通城市，才发现你们造了太多糟糕的玩意儿。在我去过的地方里，我见过设计拙劣的墙纸和彩色地毯，还见过老怪物式的马毛沙发，它们冷漠的观感多么令人沮丧。我还见过一些毫无意趣的吊灯，一些机器造的家具，通常是用紫檀木做的，在无处不在的来访者屁股的重压下嘎嘎作响。我还见过一种小铁炉，人们总用机器制的装饰品来装饰它，它和阴雨天一样，和其他可怕的事物一样，是那么令人厌烦，而当人们想再来点额外的奢侈时，就会用两个骨灰盒样的东西把这个小铁炉再装饰一番。

你们须得牢记，随着时间的推移，真正的工匠做出的那些设计巧妙、精益求精的作品，其美感和价值是会不断增加的。我在新英格兰看到的旧家具可是两百年前的朝圣者带来的，直到今天，它的样貌依然和刚到此地时一样完好、一样漂亮。

现在，你们要做的是让艺术家和手艺人相交相融。没有这样的搭配，手工业者就不能生存，不能兴旺发达。而把这两者分开，也就剥夺了所有艺术的精神动力。

这样做之后，你要让工匠在美丽的环境里工作。艺术家不依赖有形之事物，他有自己的无形的幻梦。但是，工匠日出而作，日落而息，他必须看到可爱的形式。关于这一点，我向你们保证，高贵美丽的设计绝不是空想的产物，也不是无目的的白日梦的结果。它们只不过是兴致勃勃的习惯性的观察积累的产物，然而，这样的事也许不可言传。只有那些习惯了漂亮房间和舒心颜色的人，才有可能领悟正确的艺术创意。

现在，美国需要一所理想的艺术学校。坏的艺术比没有艺术更糟糕。你必须向工匠展示好作品,使他们知道什么是简明、真实和美丽。为了达到这个目的,我希望这些学校里有一个博物馆——不是那种可怕的现代博物馆,里面有一只毛绒绒的长颈鹿和一两箱化石的那种,而是一个收集不同时期和不同国家艺术装饰样例的博物馆。伦敦的南肯辛顿博物馆就是这样的,那里比其他任何地方更让我们对未来充满希望。每周六晚上,博物馆会比平时更晚关门,我就会去那里看手艺人、木工、吹玻璃工和金属工匠。正是在那里,雅致的文化人与快乐的手艺人彼此面对面了。文化人越来越了解手艺人的高贵,而手艺人在感受文化和欣赏文化的同时,也越来越了解到自己工作的高贵。

你们国家的白色墙壁太多了。你们需要更多颜色。应该有惠斯勒这样的人教会你们色彩的美感和愉悦。以惠斯勒的"白色交响曲"为例,有些人无疑会认为这是一部相当离奇的作品。并非如此。想一想凉爽的灰白天空,到处都是白云,下面是灰色海洋,还有三个人物,她们穿着白色长袍,白花从手指旁落下。在这里,没有一个普遍的知识体系困扰你,也没有任何的形而上学,我们在艺术和形而上学方面的知识已经太多了。如果简单而独立的色彩击中了正确的艺术基调,整个理念也就变得清晰起来。我认为惠斯勒著名的孔雀屋是色彩和装饰层面的顶级艺术品,就在我出发来美国之前,惠斯勒先生又完成了另一个房间的装饰——一间蓝黄相间的早餐室。室内的天花板是浅蓝色的，橱柜和家具用的是黄色木头，窗户上的窗帘是白色的，打开后则是黄灿灿的，桌子上摆着精美的蓝色瓷器，人们若能在这样的房子里用早餐该多快乐，真是再也想象不出一件同样简单又快乐的事情了。

我在你们的大多数房间里发现的缺点是缺少明确的配色方案。一切音调都要和主音相协调。你们这儿不是这样，公寓里总是挤满了彼此毫无关系的漂亮物件。同样，你们的艺术家必须学会装饰更简单而有用的东西。

在你们的艺术学校里，我发现，没有人想过把盛水的器皿也装饰一番。我觉得，没有比造型普通的水壶或水罐更丑的东西了。博物馆里摆满了热带国家使用的各种容器，然而我们却继续将就着用那种有把手的令人讨厌的水罐。有人把夕阳画在晚餐盘上，有人把月亮画在汤盘上，我也看不出这种设计的明智之处。我不认为在盘子上画的帆背潜鸭[1]如果脱离了夕阳余晖或月光就不好看了。当然，我也不希望汤盘的盘底远看起来像没有做过装饰似的。在这种情况下，人既没有安全感，也不会觉得舒适。事实上，我在你们的艺术学校里并没有发现装饰艺术和想象艺术的差别。

---

[1] 帆背潜鸭，北美地区的一种鸭子。

艺术的条件应该是简单的。艺术更多依靠心灵而非头脑。艺术鉴赏力也不是靠任何精心的学习计划来保证的。艺术需要的是良好、健康的审美气氛。创作素材的问题仍然困扰着我们，就像它们困扰着古人一样。而这些问题，也很容易被认真的雕塑家和画家察觉。没有比动态的人更美丽优雅的存在了。艺术家去一趟儿童游乐场，观察孩子们的运动，看到男孩在弯腰系鞋带，他就会发现，同样的题材也引起了古希腊人的注意。而这种观察和随后的艺术创作，将非常有助于纠正"精神美和肉体美彼此分离"这种愚蠢看法。

大自然对美国也许比对任何国家都更慷慨，它为艺术工作者提供了大量的素材。你们有大理石采石场，石头的颜色比希腊人的美妙艺术品里的颜色都漂亮，然而，我日复一日面对的却是愚蠢的人在造的伟大的建筑，他们使用这些美丽的素材，仿佛有种心照不宣的默契：这么珍贵的材料，不用白不用。大理石可不是这么个用法，除非你真是个高级工匠。而放眼四海，没有哪里的木雕比在你们这里见到的更能让我感到尴尬了。木雕是最简单的装饰艺术。在瑞士，光脚的小男孩用木雕装饰家里的门廊。为什么美国男孩就不能比瑞士男孩做得更多、做得更好呢？

在我眼里，没什么东西比现代珠宝设计理念更粗俗、制作更粗糙的了。这本是易于纠正的呀。更好的东西应该用漂亮的金子来做，金子埋没在贵国的山洞里，散落在贵国的河床上。当我在莱德维尔[1]（Leadville）时，想到所有从矿里挖出的闪闪发光的白银都会变成难看的银币，我真是难过极了。应该把它们做成更永恒的器物啊。例如今天佛罗伦萨圣母百花大教堂洗礼堂的金门，它还和米开朗基罗初见它时一样美丽。

我们应该多见见生产艺术品的工匠。不应该只满足让推销员站在我们中间——那种不知道自己在卖什么玩意儿的推销员。而我们知道，他们可没少挣钱。通过观察工匠的手艺，我们将了解所有工艺的高贵品性——这是艺术教育中最重要的一课。

我在上一次演讲中说，艺术将通过提供一种普遍的语言来创建一种新的兄弟情谊。我说过，在它仁慈的影响下，战争可能会消失。想想看，在我们的教育中，艺术处在一个什么地位呢？如果孩子们在美丽可爱的事物中长大，他们会自然而然地爱上美好而厌恶丑陋。如果你走进一个哪儿哪儿都粗糙的房子，你自然会发现东西是破烂不堪的。但没有人在意这一点。如果我们的每样东西都是精致的，那么，温文尔雅的举止就会在不知不觉中被习得。我在旧金山的时候，常去中国区转转。在那里，我常看到一个身材魁梧的中国工人在做挖掘工作，我

---

[1] 莱德维尔（Leadville），美国地名，在科罗拉多州。

圣母百花大教堂洗礼堂金门，佛罗伦萨

还常看到他用一个花瓣一般精致的小杯子喝茶，而在我们这片土地上，在所有大酒店里，数千美元都被花在了巨大的镀金镜子和华而不实的柱子上了，我们只有咖啡和巧克力饮品，被盛在1.5英寸厚的杯子里。我想，我们应有更好的杯子啊。

旧的艺术体系是由哲学家设计的，他们把人看成艺术的障碍。他们试图在孩子们还没有意识到美之前就去教育他们。在这些早期教育里，如果教孩子们动起手来，为人类的理念服务，结果会好得多。如果是我，我会在每所学校设一个工坊，每天用一个小时来教他们简单的装饰艺术，对孩子们来说，这是黄金时刻。这样一来，你们很快就会变成一个手艺人辈出的民族，这将大大改变你们国家的风貌。在美国，我只见过一所这样的学校，它坐落于费城，由我的朋友莱兰先生创办。昨天我在那儿逗留了一阵，现在，我把一些作品带来了，给你们看看。这里有两个黄铜盘，上面的图案很漂亮，做工也简单，整体效果令人满意。这个作品是一个12岁的小男孩完成的。还有，这是一个13岁的小女孩装饰过的木碗，设计很可爱，色彩也细腻雅致。下一个作品，你们所看到的是一件9岁的小男孩完成的漂亮木雕。在这样的教学活动中，孩子们领会了真正的艺术。他们学会了憎恶在艺术上弄虚作假的人士——那些把木头漆得像铁，把铁漆得像石头的人。我所设的工坊，将是一所培育品德的实用的学校。学习热爱自然最好的方法莫过于了解艺术。这会使田野的每一朵花都显得高贵。而且,如果一个男孩看到展翅飞翔的鸟儿变成了木头或帆布上的美丽图案,他很可能就不会再对飞鸟扔石头了。我们的目标是给现实生活增添精神维度。世上没有一件可耻之事是神圣的艺术所无法拯救的。

美利坚印象

[导言]1883年王尔德旅美归来,开始了他在英国的巡回演讲之旅,演讲中多次谈到对美国的印象。1883年9月24日,他在伦敦旺兹沃思(Borough of Wandsworth)市政厅热情地向听众讲述了他的美国见闻和观感。这份谈论对美国人印象的报告很好地体现了王尔德标志性的语言讽刺艺术和幽默感。

我怀疑我并不能把美国想象为所谓的天堂,从一般意义上讲,我还对这个国家知之甚少。我无法说出它的经纬度,也无法估计食物和衣服的价钱,而且我对美国的政治也不甚了解。你们可能对本国的这些事情不感兴趣,同理,在下也不感兴趣。

初入美国国境时,我首先想到的是,即便说美国人不是世界上衣着最讲究的人,那他们也得算是穿得最舒服的人。我们会看到戴着糟糕的烟囱帽的家伙，但完全不戴帽子的人没有几个；男人穿着会令人瞠目结舌的燕尾服，但是很少有人从来不穿外套。人们的穿着容貌自有一种舒服的气息，这与这个国家的另一个情况形成了鲜明对比——在这个国家，人们常穿出一种丑陋的感觉。

接下来，特别引人注意的是，每个美国人似乎都是一副急急忙忙赶火车的样子。这可是一种不利于诗性和浪漫的生存状态。如果罗密欧或朱丽叶总是因火车时刻表而焦虑不安，或者他们的大脑被返程车票的问题所烦扰，莎士比亚也就不可能呈现给我们充满诗意又富有悲情的阳台相会场景。

美国可是有史以来最喧闹的国家。每天早上，叫醒一个美国人的不是夜莺的歌声，而是刺耳的汽笛声。令人惊讶的是，美国人顶尖的实用主义精神并没有减少这种难以忍受的噪音。一切艺术都依赖于情感的细腻，而这种持续不断的混乱噪音最终必然破坏人们的音乐官能。

美国的城市没有比牛津、剑桥、索尔兹伯里或温彻斯特更美的，那些地方有美好时代的美丽遗产；对我们来说，只有在美国人没有尝试创造出美的地方，我们才能看到美国的美妙之处。美国人刻意创造美的地方都明显地失败了。美国人的一个显著特点，便是他们将科技应用在了现代人的生活方式上。

你只要在纽约随便溜达几圈就会发现这一点。在英国，发明家被认为是精神病，大多数时候，从事发明创造的人都在绝望和贫寒中终老。而在美国，发明家很受尊重，对发明事业的资金援助总是很快到来，发挥聪明才智并将科学技术应用于人类的事业，则被认为是致富捷径。世界上没有哪个国家的机器比美国的机器更可爱可亲了。

我一直希望看到力的线条与美的线条能合二为一。当我看到美国的机器时，这个愿望终于实现了。我参观了芝加哥的水厂，在那里意识到了机械的奇妙之处：杠杆的升降，轮子的匀称运动，是我见过的最优美、最富节奏的东西。在美国什么东西都大了一圈，这可真让人印象深刻，却不是什么好印象。这个国家似乎想以其铭心刻骨的宏大气势来增强民族自信。

我对尼亚加拉大瀑布很失望，相信大多数人也一定对尼亚加拉大瀑布很失望。在美国，每一位新婚女孩都会被带到那里，对壮观瀑布的体验一定是美国人婚姻生活中的第一个失望体验，如果不是最强烈的失望体验的话。

一个人在恶劣的气象条件下看大瀑布时，它显得太远了，那个观赏角度看不出水幕的壮丽。要想真正欣赏它，你必须从下面看，但要做到这一点，就必须穿上一件黄色的表面涂油的外套，那外套丑得像一件奇怪的雨衣，我希望你们中没有人穿过它。不过,让人欣慰的是,像伯恩哈特夫人[1]这样的艺术家不仅穿了那件难看的黄色外套,还正巧被人拍了照片抓了现行。

也许美国最美的地方在西部吧,然而要到那里去得坐六天火车,人们困在一个难看的"蒸汽机锡水壶"上,于苍茫大地之上疾驰而过。对于这趟旅程,我没有感到丝毫欣慰,一些男孩在车上到处乱逛,把能吃的或不能吃的东西都拿来卖,他们卑鄙地用一毛一本的低价把我的诗集印在灰色的吸墨纸上售卖。我把这些孩子叫过来,告诉他们,虽然诗人喜欢受欢迎,但他们是渴望得到报酬的,而在没有给我任何版税的情况下就卖我的诗集,这可是对文学的打击,肯定会对那些追求诗歌艺术的人产生灾难性的影响。他们的回答则一成不变:我们自己从这笔交易中得到了报酬。而这也正是他们唯一关心的事情。

一种盛行的偏见是,在美国,来访者总是被称为"陌生人"。我从来没有被叫过"陌生人"。当我去得克萨斯州时,我被称为"上尉";当我到达国家中部时,人们称我为"上校";当我到达墨西哥边境时,人们称我为"将军"。不过,总的来说,"先生"这一古老的英语称谓还是听得最多的。

---

[1] 伯恩哈特夫人(Mrs. Sarah Bernhardt,1844—1923),19世纪法国舞台剧和电影女演员,代表作有戏剧版《茶花女》等。

也许，值得一提的是许多人所说的美语，它其实是古老的英语表达方式，它们在殖民地里弥漫开来，而在我们自己的国家业已消失。很多人认为，在美国很常见的"我猜"（I guess）是一个纯粹的美式表达，但是约翰·洛克在他的《人类理解论》中也用了这个词，就像我们现在使用"我想"（I think）一样。

英语国家的老派生活保留在殖民地里，而非本国。如果一个人不想了解英国清教主义的堕落时期（或者说它非常糟糕的时候），而想了解它鼎盛时的状态（虽然它很快就堕落了）——我认为你在英国找不到素材，但是在波士顿和马萨诸塞州却可以找到很多。在英国，我们已经把这样的生活抛弃了，但美国人仍然保留着它，或许，我希望美国人对它的兴趣也别维持太久。

旧金山是一个非常美丽的城市。华工聚居的中国城是我见过的最具艺术气息的小镇。那里有奇妙而忧郁的东方人，许多人会说他们太凡俗，他们当然非常贫穷，但他们早已有了自己的美学——他们不会有任何丑陋的东西。在一家中国餐馆里，这些"中华凡人"晚上聚在一起吃饭的时候，我发现他们在用精致如玫瑰花瓣的瓷杯喝茶，而在华而不实的美国大酒店里，我得到的却是 1.5 英寸厚的德尔夫杯。当中国的钞票被呈现在宣纸上时，它们是用印度墨水写就的，就像一个艺术家在扇子上描摹小鸟一样。

盐湖城只有两座值得注意的建筑，最重要的一座是大礼拜堂，这是一个汤壶形状的家伙。它由当地唯一的本土艺术家装饰，这位艺术家以早期佛罗伦萨画家的天真精神来对待宗教主题，表现了一种今天的人与穿着浪漫服饰的《圣经》中人肩并肩的感觉。

另一座重要的建筑被称为阿梅利亚宫（Amelia Palace），它的修建本是为了纪念杨百翰（Brigham Young）的一位妻子。她死后，现任摩门教领袖站在大礼拜堂里，说他已经得到启示，将拥有阿梅利亚宫。在这件事上，再不会有任何形式的启示了！

从盐湖城出发，途经科罗拉多州大平原到达落基山脉，山顶上坐落着全世界最富足的城市之一：莱德维尔。这个城市名声粗犷，因为城中每个人都随身带一把左轮手枪。有人对我说，如果我要去那里，莱德维尔人肯定会开枪打死我或者我的导游，我写信告诉他们，不管他们对我的导游做了什么都不会吓到我。我在这里见的人主要是在矿厂工作的矿工，我给他们讲授艺术伦理学。我给他们读了贝维努托·切利尼自传中的一些段落，他们似乎听得很高兴。然后他们责备我，问我为什么没有把贝维努托·切利尼本尊一起带来。我只得解释说，这位老兄已经归西一段时间了，这就引发了一个狂野的问题："是谁杀了他？"后来他们带我去了一个跳舞的酒吧，在那里，我平生唯一一次看到了真正理性的艺术评论法，它被写在钢琴上方印着的一张告示里——

莫要枪杀钢琴家。
他已尽力而为啦！

在那里，钢琴家的死亡率高得惊人。后来矿工请我吃晚饭，我也接受了，他们说我酒量不行的话可以把酒倒在下面的水桶里，尽管可能不太优雅。到了山脉核心区，我吃了晚饭，第一道菜：威士忌；第二道菜：威士忌；第三道菜，还是他妈的威士忌。

那一阵我要去剧院讲课，听说就在我去剧院之前，有两个人在剧院里因杀人被捕了。在晚上8点的时候，罪犯被带上剧院的舞台，然后在拥挤的观众面前受审，并被处决了。我发现这些矿工真是很迷人，真是一点也不粗鲁。

在南方那些年纪较大的居民中间，我发现他们有种忧郁的倾向，他们会把每一件重要的事情都追溯到过去的战争上。"今晚的月亮多美啊。"我曾经对站在我旁边的一位绅士说。"是的，"他回答，"但在战前，它就已经这么美了呀。"

在落基山脉以西地带，人们对艺术的了解实在是过于匮乏。一位艺术赞助人，一个在那个时代也是矿工的家伙，竟然起诉铁路公司,要求赔偿他的损失,因为他从巴黎进口的"维纳斯"石膏像竟然没有胳膊。而且,更令人惊讶的是,他胜诉了,并拿到了赔偿金。

宾夕法尼亚州有许多岩石峡谷,有许多林地景色,这让我想起瑞士。草原空阔,这使我想起吸墨纸的样子。

西班牙人和法国人用美丽的名字在这个国家留下了纪念。所有城市的美丽名字都源自西班牙或法国。英国人只会起非常难听的名字。有一个地方的名字太难听了,于是我拒绝在那里讲课,它的名字是格里斯维尔(Grigsville)。

假设我在那里创办了一个艺术流派,叫早期格里斯维尔派,想象一下,还有一种艺术潮流,叫"格里斯维尔文艺复兴"。

至于俚语谚语,我没听见太多,不过一位下午跳舞后换装的年轻女士确实说了一句"脚跟踢一踢,衣服换一换"(After the heel kick she shifted her day goods)这样的话。

美国男孩脸色苍白暗淡,显得早熟,目空一切;但美国女孩却很迷人,如同广袤沙漠中的美丽绿洲一般。

每一个美国女孩都被 12 个年轻男子迷恋着。他们是她的奴隶,她靠迷人的外貌和冷漠的态度统治他们。

美国人完全是生意人。正如他们自己所说,在他们的大脑开始思考之前他们就已经开始算计了。他们也极易接受新思想。他们的教育是实用主义的,对孩子的教育完全建立在书本上，但事实上，我们必须先让孩子有自己的头脑，然后才能启发教育他们。儿童对书籍有天然的反感——手工艺才应该是教育的基础。应该教导男孩和女孩用他们的双手做各种手工艺品，这样他们也就不容易去搞破坏或者太调皮了。

到了美国，人们就会明白贫穷并不必然是文明的伴生物。无论如何，世上有这么一个国家，这里没有美丽装饰，没有盛装游行，没有华彩仪式。我在美国只见过两支游行队伍，一支是消防员和警察的"游行队伍"，另一支是警察和消防员的"游行队伍"。

每个美国人年满21岁后都有投票权，从而立即接受了政治教育。美国人是世界上受过最好政治教育的人群。去一个能教会我们自由之美和自由之义的国度，怎么说也是值得的。

下午茶时间的亚里士多德：聊天的艺术

[导言] 1871 年至 1874 年，王尔德求学于都柏林的三一学院，这时马哈菲（Mahaffy）教授正任职于此，教授艺术史等课程。这段时间里，和马哈菲的交游对王尔德的艺术观产生了重要影响。1887 年，马哈菲教授出版了《谈话艺术诸原则》(*The Principles of the Art of Conversation*)一书，本文是王尔德为该书写的书评。因为马哈菲教授在书中常援引亚里士多德哲学，并用其指导谈话艺术，再加上这本书短小精悍，故王尔德有了《下午茶时间的亚里士多德》这样一个标题。本文于 1887 年 12 月首发于《蓓尔美尔街报·每周选粹》(*Pall Mall Budget*)。

社会上所有体面男女，都觉得自己有义务说点什么，尽管没什么可说的，马哈菲先生如是说。所以，为了发扬高明而美妙的谈话艺术，马先生出版了一本社交指南，以后要是没这个指南，我估计，任何红男绿女都不敢出去约会吃饭了。不管怎么说，马先生这本书都不那么通俗，因为，在涉及"聊天"的重要议题时，他严格遵循亚里士多德的科学论述方法。如果说这一点还可以理解，那他还采用亚里士多德的表达风格，这就让人不明就里了。而且书中几乎没一点儿奇闻逸事，也没有一幅插图，读者朋友们不得不把专家教授使用的那些抽象理解的法则用到阅读实践中来，在这前途未卜的阅读旅程中，也没有任何的实际例证，或史实教训，来鼓励或劝阻读者。但即便如此，这本书还是该被温馨地推荐给一些朋友——推荐给那些在谈话中因沉默感到尴尬时，就用冗长的废话取而代之，以便缓解尴尬的朋友。不管此书形式如何，它还是令人着迷，尽管有些迂腐，读来还是使人愉快，在我所知的现代文字作品中，这是最能让你在一杯下午茶的工夫就迅速领略亚里士多德之风致的一本书了。

谈到聊天的物理属性，马哈菲先生以为，对聊天的人来说，重要的是要有悦耳的嗓音。一些饱读诗书的作家会说，轻微的口吃往往会赋予谈话以特别的趣味，但马哈菲先生对此不敢苟同，并且，他对每种言语怪癖都极其严苛，无论是对英国本土口音，还是那些人造的流行腔调。对那些琐碎表达、无意义的车轱辘话，我表示完全同意他的评价。一些科学界人士整天说"exactly so"，一些老百姓总是用"dont you know"结尾，一些伪艺术人士常小声念叨"charming, charming"，没有什么比这更让人气不打一处来的了。从心理学和道德上来说，这些人正是马哈菲的目标读者。自然而然，他认为，学识对聊天很是必要，正如他客观地观察到的，无知之辈很少惹人喜欢，除非想故意充当笑柄。另一方面，也该避免过度苛刻地追求准确度。马哈菲说："即使是一个彻头彻尾的骗子，在一家公司里也是比'一丝不苟的老实人'更好的员工，因为后者总在权衡每次表达，质疑每个事实，纠正每个错误。"骗子无论如何都能意识到，趣味而非教诲，才是谈话之目的。和一般的蠢瓜比，他更像个文明人，因为当公司有人讲了一个增添趣味的故事时，蠢瓜会真诚地质疑：这故事在事实层面上靠谱吗？不过，马哈菲先生也提出了例外——对优秀科学家提问的时候。马哈菲先生说，如果有人向天文学家或数学家提出聪明的问题，反而会引起人们注意，因为这些科学的奇妙事迹会使这段谈话时间变得愉快而有趣。在这里，我们感到，为了全社会的共同利益，必须提出正式的反对意见。即使是在首都以外的地方，任何人也都不该被允许在餐桌上问一个纯数学的高智商问题。此类问题很糟糕，好似突然问一个人灵魂的状态、一次政变的情况，像马哈菲在其他地方所说的那样，真会有许多虔诚人士认为，用这类问题做一次体面而优雅的谈话的开场白再好不过了。

至于一个聊天者的优良品质，马哈菲先生以他的伟大导师[1]为榜样，警告我们说，不要在聊天上追求任何过度的美德。比如，谦逊就很容易成为社交恶习，聊天时不断地为自己的无知或愚蠢道歉，乃是对聊天的严重损害，因为"我们想从每个人身上听到的，是他对身边问题的自由看法，而不是他自己对该看法价值的专业评估"。头脑简单也并非毫无危险，那些不爱真理也不以为耻的讨厌孩子，那些总是想到哪儿就说到哪儿的生性粗野的乡下女子，那些不分场合地总是要说出自己的想法，而从不考虑自己是否有脑子的直率老爷们儿，都是头脑简单的致命案例。羞怯是虚荣之一种，是骄傲的延伸。至于共情，有些男人或女人总想坚持获取每个人的认可，没有什么比这更让人厌恶了，"一场允许意见分歧的讨论"就绝对不可能吗？即使是心中无我的倾听者，也容易令人厌烦。马哈菲说，这些沉默寡言的人，不仅把他们在社交活动中的所听所得，都空手套走，而且还毫无感激之情，事后厚颜无耻地责怪那些为谈话趣味而付出努力的人。据马哈菲先生讲，谈话的机智，指的是对事物协调性的微妙感觉，这是所有谈话品质中最高妙的一种。马哈菲最明智的评论是，一个机智的男人，在一个男人的第三任妻子的陪伴下，"会本能地避免拿蓝胡子开玩笑"。永远别因表达过于书面化而感到内疚，但要避免过于注意语法和谈

---

[1] 指亚里士多德。

话周期（the rouding of period），要培养优雅地打断他人的技艺，防止一个主题被老先生或没有经验的聊天者用得破旧不堪。如果想讲故事，就得环顾四周，考虑到每个成员，如果有一陌生人在场，他该放弃逸事带来的乐趣，而避免伤害某一客人，犯下错误。伟大的智者往往也非常残忍，顶级的幽默专家往往也非常粗俗，因此，试着在没有这些机智却又有风险的品性的帮助下，好好地交谈，可能效果更好。在一段密友的私聊中，人们可以谈论人，在一般社交场合，人们应该谈论物。没话说时，谈论天气状况，总是一个可以获得原谅的办法，但天气主题总包含一个悖论，人们都是从天气开始，以方便把谈话转移到其他渠道上。家人几乎都是爱说话又说得乱七八糟的人，因为他们在家庭生活中的美德，反而使他们对外面的事情兴趣倍增，好妈妈总是对孩子喋喋不休，在教育孩子上"诲人不倦"。实际上，大多数女性对政治没有一星半点儿的兴趣，就像大多数男性缺少通读一本书的能力。还是得让所有人说话，除了非常固执的家伙，甚至一个商业旅行者也可能被吸引进一次谈话，也会说得趣味盎然。至于社交中的闲聊，马哈菲先生告诉我们，任何理性的"聊天学原理"，都不可能瞧不起流言蜚语，而流言蜚语可能正是所有社交闲聊的主要因素。多传达些对名人的看法，这总是让人听着高兴，如果一个人并不足够幸运到可以赴北极旅行，或成为避世的虚无派，或成为一艘著名帆船上唯一幸存者，那么最好的法子，就是讲述俾斯麦（Bismarck）王子或维克多·埃曼纽尔（Victor Emmanuel）国王的一些逸事，或者格拉德斯通（Gladstone）先生的也行。如果晚餐时遇到一个天才和一个公爵，会聊天的人，会努力把自己提高到前者的水准，把后者降低到自己的水平。要想在一群比自己档次高的人中聊好天，一个人必须毫不犹豫地反对他们。的确，一个人应该大胆批评，并尝试给社会一个明朗自由的聊天氛围，这个社会的厚重和极端的尊重他人的传统，也会成全这种氛围。马哈菲先生说："这种氛围也许有些枯燥。"他的态度有些悲观，我并不同意。最厉害的侃爷是那些祖辈都会说两种语言的人，像法国人和爱尔兰人，但是，每个人后天都有机会接触到聊天艺术从而成为谈话艺术家，除了那些变态老实的人，或者那些道学家——他们需要通过长久的严肃举止和一成不变的木讷状态来维持其道学之价值。

这些都是马哈菲先生智慧的小书中所包含的一般聊天法则，其中许多法则，无疑值得向我们的读者推荐。他说了句格言："如果你觉得聊天的同伴很无聊，那就自责吧。"在我看来，这似乎有些乐观，我对专业小说家一点也不同情，因为他们在餐桌上确实令人厌烦；但在这一点上马哈菲先生确实是正确的，他坚持认为，没有平等，就没法有生气勃勃的社交活动。他说，这本书不会教会人们如何巧妙地交谈。逻辑学不能让人更加理性，伦理学也不能使人愈发善良，但分析、公式和调查总是有些用处。本书唯一的缺陷是其文风太过乏味，如果马哈菲先生能做到知行合一，使其写作恰如其言谈，我们就能得到更美妙的阅读体验了。

（右页）装饰织物"Wandle"，莫里斯设计，1884年